무공을 배우다

목마 퓨전 판타지 장편소설

WISHBOOKS FUSION FANTASY STORY

무공을 배우다 16

목마 퓨전 판타지 장편소설

초판 1쇄 찍은 날 | 2020년 9월 11일
초판 1쇄 펴낸 날 | 2020년 9월 18일

지은이 | 목마
펴낸이 | 예경원

기획 | 위시북스
편집책임 | 이은송
편집 | 위시북스

펴낸곳 | 예원북스
등록번호 | 제396-2012-000132호
등록일자 | 2012. 7. 25
KFN | 제1-556호

주소 | 경기도 고양시 일산동구 호수로 646-24 위너스21II빌딩 206A호 (우)10401
전화 | 031-819-9431 팩스 | 031-817-9432
E-mail | yewonbooks@naver.com

ISBN 979-11-365-4077-5 04810
979-11-6424-342-6 (set)

※ 이 도서의 국립중앙도서관 출판시도서목록(CIP)은 서지정보유통지원시스템 홈페이지(http://seoji.go.kr)와 국가자료공동목록시스템(http://www.nl.go.kr/kolisnet)에서 이용하실 수 있습니다.

Wish Books
무공을 배우자
16
목마 퓨전 판타지 장편소설
WISHBOOKS FUSION FANTASY STORY

무공을 배우다

CONTENTS

1장
무섭나?

백현은 저만치 멀어지는 마룡왕을 쳐다보다가 고개를 돌렸다.

그는 끝내 마룡왕을 막지 '않았다'.

그나마 다행이라 할 수 있는 것은 마룡왕이 부탁을 들어주기로 한 것이지만, 그를 무조건 믿을 수는 없었다.

퓨어세인트가 대체 무슨 목적으로 드레이브를 내보낸 것인지는 모르겠다. 아니, 그것보다는 드레이브가 어떻게 살아 있는 것인지도 알 수 없었다.

그때, 백현은 분명히 드레이브를 '죽였다.'

죽어 되살아 난 드레이브를 퓨어세인트가 어떻게 사용할지는 모르겠지만, 일단 그쪽은 마룡왕에게 맡긴다.

백현은 멀찍이서 기다리고 있는 사라에게 다가갔다.

백현이 다가오자마자, 사라는 바짝 몸을 기울이더니 코를 킁킁거리며 백현의 냄새를 맡았다.

백현은 떨떠름한 얼굴로 사라를 바라보았다. 그러다가 괜히 팔을 들어 자신의 냄새를 맡아보았다. 자신의 체취라 익숙해졌기 때문인지, 별 냄새는 느껴지지 않았다.

"……나 냄새나?"

"안 나."

사라는 백현을 찌릿하고 한번 노려본 뒤에 홱 하고 몸을 돌렸다.

백현은 서둘러 걷는 사라의 등 뒤를 좇았다.

"나 안 삐졌어."

묻지도 않았는데, 사라는 먼저 그렇게 말했다.

"진짜?"

"안 삐졌어. 네가 저 용 여자랑 뽀뽀라도 했으면 또 몰라, 그런데 안 했잖아. 정 하고 싶으면 나한테 말하고 해. 알겠어?"

"갑자기 당하면 어떡해?"

"꼭 기대하는 것처럼 말한다?"

"그건 아닌데, 세상일이라는 게 또 모르는 거잖아."

모르는 척 대답하자, 사라가 홱 고개를 돌려 백현을 잠시 노려보았다.

그녀는 불끈 쥔 주먹을 부르르 떨며 말했다.

"그럼 신고해야지. 갑자기 당하는 거면 성추행이잖아. 아냐?"

"경찰에 신고하라고?"

백현은 마룡왕이 수갑을 차고 경찰차에 타는 모습을 한번 상상해 보았다.

사라는 흥 콧방귀를 뀌며 백현의 손목을 잡아챘다.

"네가 성추행이라고 생각한다면 말이야. 그렇게 생각하지는 않을 것 같지만."

"크흠."

"넌 지조도 없어?"

"지조까지 운운할 정도야……?"

"됐어, 너한테 이런 말을 하는 내가 등신이지."

사라는 들으란 듯이 투덜거리며 백현을 잡아끌었다. 둘은 성역들이 뒤섞인 영역으로 진입했다.

가장 가까운 곳에 있는 것은 철혈궁이었다. 백현은 무령에게 보호를 맡긴 라이 룽을 떠올렸다.

용성군이 죽었다는 것은 라이 룽도 당연히 알게 되었을 것이다. 그렇다면 더 이상 무령이 라이 룽을 보호하고 있을 이유도 없을 텐데, 아직 라이 룽은 철혈궁에서 나오지 않고 있었다.

성역들이 이 세상에 뒤섞여 버렸지만, 아직은 조용했다. 성역과 함께 이 세상에 '침식'된 신격들은, 성역 바깥에 권속을 내보내지 않고 똑같이 침묵을 이어나가고 있었다. 그들도 이

갑작스러운 상황을 이해할 만한 시간이 필요한 것이다.

하지만 침묵은 오래가지 않을 것이다. 그건 누가 설명해 줄 필요 없이, '느껴졌다'. 성역을 지날 때마다 감각이 오싹거린다.

심안을 통해 보이는 세상은 온갖 흐름이 어지럽고 과격하게 뒤섞여 있었고, 성역 안에서 이쪽을 보는 폭발적인 시선의 주인들을 어렴풋이 볼 수 있었다.

'점점.'

백현의 걸음이 느려졌다. 앞에서 잡아끌던 사라는, 갑자기 느려진 백현의 속도에 눈살을 찡그리며 고개를 돌렸다.

하지만 재촉할 수는 없었다. 사라는 벌렸던 입을 살며시 닫았다.

마치 유원지에 처음 온 어린아이 같은 얼굴이었다. 백현은 주변을 휘휘 돌아보며 환한 미소를 짓고 있었다. 그는 자신에게 집중되는 폭발적인 시선들을 진심으로 즐기고 있었다. 성역 너머의 모든 신격이 백현을 '보고 있다'. 이렇게 많은 군주의 주목을 직접 느끼는 것은 처음 어비스에 왔을 적 이후로는 처음이었다.

하지만 그때와는 시선의 성질이 다르다. 처음 어비스에 들어가, 모두가 하는 튜토리얼을 통과했을 때. 어비스의 모든 군주가 백현을 주목했다.

그때 그들이 보였던 다양한 반응들. 처음 겪는 존재에 대한 호기심, 알 수 없는 힘에 대한 경계, 손에 넣어 권속으로 삼고 싶다는 탐욕.

'그게 전부였어.'

그들이 비쳤던 경계는, 백현이 '위험하다'는 경계와는 거리가 멀었다.

그건 당연한 것이었다. 당시의 백현은 신격들과 비교해 현저하게 약했다. 그중에서 가장 약했던 무령일지라도, 신격을 상실한 상태가 아니었더라면 백현이 쓰러뜨리는 것은 불가능했을 것이다.

'오만했다.'

미쳐 있었다.

이미 지나간 일이기 때문인지, 아니면 지금은 '변했기' 때문인지. 백현은 그때의 자신이 얼마나 무모하고 어리석었는지 잘 알 수 있었다.

운이 좋았다. 그야말로 천운이라 할 만했다. 무령이 신격을 유지하고 있었더라면 백현의 생은 거기서 끝났을 것이다.

당시에 그를 몰랐던 것은 아니다. 잘 알고 있었다. 철혈궁에 들어가게 된 것이 강제적이었다고 해도, 무턱대고 돌격한 것은 백현의 의지였다.

죽을 수 있다는 것을 알면서도, 무령보다 약하다는 것을 알면서도 돌격한 것은.

그냥 싸우고 싶어서.

백현은 두근거리는 가슴의 고동을 느꼈다. 어비스 신격들의 경계를 '적'에 대한 것으로 바꾸는 것에 2년이 걸렸다.

지금의 저들은 백현이 누구인지를 안다. 그가 2년 동안 무슨 짓을 해왔는지를 알고, 지금의 백현이 '적'으로서 부족하지 않다는 것을 알고 있다.

'아.'

백현은 주먹을 천천히 말아쥐었다.

'너무 좋아.'

이곳은 최고였다.

드넓은 어비스에 비할 데 없이 좁지만, 백현에게 있어서 이 정글은 어비스보다 훨씬 넓었다. 땅덩이의 크기가 중요한 것이 아니다. '무엇'이 있는가가 중요하다.

백현은 역천자에게 감사를 느꼈다. 그가 이런 미친 짓을 벌여준 덕분에, 이런 멋진 세상에 오게 되었다.

백현은 오싹거리는 희열을 느끼면서 입술을 핥았다.

성역들이 뒤섞여 인접한 이 세상은 언제 터질지 모르는 화약고 같았다. 백현은 이 화약고가 대체 언제 터질까에 대한 기대를 만끽했다.

'저렇게까지 좋아하는데, 빨리 가자고 할 수도 없잖아.'

사라는 마주 잡은 백현의 손을 조물거렸다.

그녀도 싸움을 꽤 좋아하기는 했지만, 백현이 느끼는 순수한 광기에 도저히 비할 바는 아니었다.

그녀가 바라는 것은 이 오싹거리는 정글이 아닌 산새가 지저귀는 숲길을 백현과 함께 걷는 것이었다.

하지만, 고집은 부리지 않았다. 그를 내색하지도 않았다. 사라는 백현의 손을 놓지 않고, 백현과 보폭을 맞춰 걸었다. 그것으로 충분했다.

이렇게, 놓치지 않고 함께 걷는 것. 앞서거나, 뒤처지거나, 맞추거나……. 상관없었다. 그냥 손을 잡고, 함께 걷고 있다는 것만으로도 사라는 만족했다.

'넌 나랑 달라.'

힘이나 성격을 떠나, 본질 자체가 다르다.

투쟁심? 무도를 걷는 자에게는 흔해 빠진 자질이다. 광기? 그것도 마찬가지다.

하지만 백현의 광기는 그 수준이 다르다. 싸우고 승리를 갈망하는 것이 투쟁심이라면, 백현의 광기는 투쟁심마저 삼킨다.

'너무 달라.'

당장 누군가와 싸우는 것도 아니다. 성역 너머의 군주들은 그저 이쪽을 지켜만 보고 있었다.

하지만 지금의 백현은 진짜 싸울 때와 다를 것 없이, 아니, 그 이상으로 광적인 희열에 휘감겨 있었다. 지금의 그는 이 신화의 세상을 '걷는 것'만으로 성장하고 있었다.

처음 보는 성역을 보고, 신격의 적의를 받아내고, 그를 피하지 않고 마주 보는 것만으로 백현의 무(武)는 그의 걸음과 함께 나아가고 있었다.

지금의 백현에게 있어서 육체를 단련하는 것은 무의미했다. 더 많은 경험과 그를 받아들이는 정신.

그의 육체가 2년 전과 비교해 크게 진보했다면, 그의 정신은 2년 전과 완전히 다른 것이 되었다.

"아."

보다 밝아진 심안. 보다 또렷해진 감각.

백현은 자신이 '완성'되는 희열 속에서 고개를 돌려 사라를 쳐다보았다. 그는 꼼질대는 사라의 손가락을 느끼며 히죽 웃었다.

"미안. 잠깐 잡생각이 들어서. 티 났어?"

"……너 은근히 뻔뻔한 거 알아?"

사라는 입술을 삐죽 내밀었다.

다르다는 것은 안다. 저 광기를 자신이 도저히 어찌할 수 없다는 것도 안다. 그건 어쩌면 무서운 것이지만, 이상하게도 무섭게 느껴지지 않았다. 그냥 좋았다.

'콩깍지가 씌었어.'

사라는 치미는 한숨을 삼켰다.

무령의 철혈궁, 재생의 뱀의 사굴, 흑장미여왕의 로즈덤, 퓨어세인트의 천국, 혈사자의 무한전과 암막의 주인의 암전(暗轉). 아이언메이드의 은화산(銀火山), 템페스트의 사가(死街), 위치엔드의 판도라, 하이로드의 호라이즌을 지나서 역천자의 팔괘각(八卦閣).

그 앞에서 백현은 잠시 멈추었다. 그간 지난 모든 성역은 심안으로 조금 엿볼 수 있었으나, 팔괘각은 엿보는 것조차 불가능했다.

백현은 피식 웃으며 팔괘각을 향해 손을 흔들어주었다.

그리고 그 앞에.

악몽의 결정자의 성역인 판데믹이 있다.

정식으로 초대를 받아 온 입장이다. 백현과 사라가 가까이 가자, 굳게 닫혀 있던 판데믹의 문이 활짝 열렸다.

악몽의 결정자와 샤나크와는 쭉 인연을 맺어왔지만, 악몽의 결정자의 성역에 들어가는 것과 의체가 아닌 그녀의 본신을 직접 만나는 것은 이번이 처음이다.

한 걸음 걸어 판데믹에 들어간 순간 사방에 시커먼 어둠이 드리웠다.

백현은 고개를 돌려 뒤를 보았다. 방금 전에 있었던 '뒤'는 보이지 않았다.

뒤덮은 어둠에 적의는 느껴지지 않는다. 백현은 사라의 손을 놓치지 않고 잡으며 어둠 속을 걸어나갔다.

불빛이 하나둘 켜진다. 요악스러운 불빛은 제멋대로 날아다니는 도깨비불이 되어 백현의 주변을 맴돌았다.

그러다가 불빛들이 쭉 정렬하며 백현이 나아갈 길을 밝혀 주었다.

불빛들이 인도한 것은 널따란 묘지였다. 음산히 솟은 비석들에 이름은 적혀 있지 않았다.

그 너머에 시커먼 성이 있었다. 흑장미여왕의 로즈덤과는 전혀 다른, 오래된 공포 영화에나 나올 법한 성이었다.

"빨리도 온다."

투덜거리는 목소리가 가까워졌다. 근처를 맴돌던 불빛이 일렁거리면서 형태를 바꾸었다.

퐁, 하고 나타난 것은 여러 번 보았던 못생긴 봉제 인형이었다.

봉제 인형은 뽀르르 다가와 백현의 코앞에 멈춰섰다.

"바로 오라고 했잖아! 뭐 하다가 이렇게 늦었어?"

"야화를 보내주느라."

"거짓말하지 마. 내가 못 봤을 것 같아? 저 바깥에서 다른 신격들의 시선을 즐기고 있었잖아, 이 관심종자 녀석아."

봉제 인형은 그렇게 쏘아붙이며 백현의 코를 툭툭 때렸다.

백현은 쓰게 웃으면서 고개를 끄덕거렸다.

"너도 참 미친놈이라니까. 뭐, 그래도 다른 성역에 돌진하지 않은 건 칭찬해 줄게."

"그 정도로 미치지는 않았어요."

"그게 다행이지. 네가 정말로 돌진해 버렸다면, 진짜 죽어버렸을 테니까."

봉제 인형은 투덜거리면서 홱 몸을 돌렸다.

"따라와. '나'한테 안내해 줄 테니까."

"꼭 직접 볼 필요가 있어요? 지금도 대화는 충분한데."

"흥, 그럴 거면 여기 오라고 하지도 않았어. 잊은 건 아니겠지? 너랑 평소에 대화하고 있는 건, 결국 내 자아의 일부란 말이야."

"그것으로도 충분했는데."

"아니, 충분하지 않아. 내가 '본' 것을 제대로 설명하기 위해서는 진짜 '나'를 만나야 해. 그렇지 않고서는 내 자아의 일부가 버티질 못해."

"……본 것?"

백현은 앞서 나아가는 봉제 인형을 향해 고개를 갸웃거렸다.

"망령수."

봉제 인형이 중얼거렸다.

"너희를 위한 것이기도 해. 이해하기 위해서는 직접 봐야 하고, 진짜 내가 돌봐주지 않으면 네 미쳐 버린 정신이 진짜로 미쳐 버릴 테니까."

성의 문이 열렸다.

성 곳곳은 불빛이 되어버린 혼령들과, 말쑥한 차림의 언데드들이 떠돌고 있었다. 그들이 이 넓은 성의 시종이자 관리인

들이었다.

그들은 뾰르르 나는 봉제 인형을 향해 정중히 고개를 숙여 보였고, 백현과 사라에게는 별말을 걸지 않았다. 그들의 의지는 모두 다 악몽의 결정자에게 통제되고 있었다.

악몽의 결정자는 어비스의 모든 군주 중에서 가장 충성스럽고 많은 권속을 부리는 군주였다.

봉제 인형이 인도한 곳은 성의 최정상층이었다. 굳게 닫힌 문은 가까이 다가가는 것만으로 활짝 열렸다.

"왔군."

그 안에는 피로한 얼굴의 샤나크가 있었다. 그는 커다란 로브를 뒤집어쓰고서 한쪽 구석에 앉아 있었다.

알 수 없는 냄새, 피 냄새와 비슷한……. 그런 냄새가 방 안을 떠돌았다.

백현은 바닥을 가득 채워 그려진 마법진을 보았다.

"저게 뭐예요?"

"네 정신을 보호하기 위한 결계지."

봉제 인형은 그렇게 말하면서 결계의 중심에 섰다. 그녀는 빙글 몸을 돌려 백현을 쳐다보았다.

표정이 없어야 할 봉제 인형의 얼굴이 움직였다. 봉제 인형은 으스대듯 미소를 지으며 백현과 특히 사라를 쏘아보았다.

"위대하고 두려운 존재를 마주하는 것을 영광으로 알도록."

화르륵!

봉제 인형의 몸이 타올랐다. 샤나크는 보고 싶지 않다는 듯 고개를 돌렸다.

콰르르르!

판데믹 전체가 진동했다. 이 성역 전체를 떠돌던 영혼들이 고개를 숙였다.

엄습해 오는 거대한 존재감에 백현은 자신도 모르게 '앞'으로 나아갔다. 두려움이 아닌 호기심이 그의 발을 앞으로 향하게 만들었다.

쪼개고 쪼갠 수많은 자아와 혼의 파편이 한곳에 모인다. 지독하고 다양한 죽음의 형태가 백현에게 전해졌다.

짧은 순간, 백현은 수많은 죽음을 체험했다. 그건 백현을 '죽이는' 예감이 아니라, 이미 오래전 행해진 죽음과 거기서 피어난 흑마법의 기억이었다.

악몽의 결정자의 본신은, 거대한 '불꽃'처럼 보였다. 너무나 비대한 혼이 불꽃처럼 타오른다.

악몽의 결정자는 일렁거리는 혼을 가다듬었다. 거대한 혼이 응축된다. 명확한 형태 없이 일렁거리던 불꽃이 '존재'로서 형태를 갖추었다.

"자아."

불꽃의 크기에 맞게 위를 올려 보던 백현의 시선이, 천천히 아래로 내려온다.

"내가 무섭나?"

하지만 백현은 떨떠름한 얼굴로 악몽의 결정자를 응시했다. 그의 눈높이는 아까보다 훨씬 낮아져서, 평소보다 더 아래를 보고 있었다.

"……음."

백현은 잠시 고민하다가 대답했다.

"본신과 갭이 좀 많이 크네요."

악몽의 결정자는 조그만 소녀의 모습을 하고 있었다.

그리 느껴지는 것도 당연했다. 방금 전에 느꼈던 끔찍한 죽음의 잔상들과 위압감은 씻긴 듯 사라졌고, 눈앞에 있는 것은 많아 봐야 십 대 초중반으로 여겨질 소녀였다.

"넘치는 배려심 덕분이지."

악몽의 결정자가 대답했다. 그녀는 손에 들린 아모스를 휘저어 소파 하나를 만들어냈다.

푹신해 보이는 소파에 뉘듯이 앉은 그녀는, 머리에 반쯤 걸쳐진 모자를 고쳐 쓰며 백현을 응시했다.

"뭉쳐진 내 자아는 치명적인 광기를 지니고 있고, 본신을 마주하는 것만으로도 광기를 전염시켜. 물론 넌 직시하는 것만으로 쉽게 미치지 않겠지만, 보면서 꺼림칙함은 느끼겠지."

악몽의 결정자는 그렇게 말하며 공중을 떠다니던 봉제 인형을 붙잡았다.

더 이상 봉제 인형은 목소리를 내지 않았다. 의체에 들어가 있던 자아가 악몽의 결정자에게 합일되었기 때문이다.

“그런 본신을 유지하는 것은 나로서도 부담이 있으니, 이런 앙증맞은 모습을 취하는 것이 편하지. 네 인식에도 맞을 테고 말이야.”

“인식?”

“네가 평소에 대해온 내 이미지는 어땠지? 이 자그마한 인형의 몸을 씰룩거리는 ‘나’. 인형 놀이에 푹 빠진 귀여운 꼬마 아니었나?”

악몽의 결정자가 봉제 인형을 양손으로 잡아 들며 물었다.

솔직히 그렇기는 했다. 말투나 행동이나, ‘봉제 인형’은 오래 묵은 네크로맨서보다는 철없는 꼬마처럼 느껴졌다.

악몽의 결정자는 어깨를 으쓱거리는 백현을 보며 피식 웃었다.

“뭐, 겉모습이 중요한 것은 아니지. 이런 앙증맞은 모습이라지만 나는 악몽의 결정자. 신화상 가장 위대한 네크로맨서다.”

감정은 그리 섞여 있지 않았지만, 그 말에는 으스댐과 자부심이 가득했다. 저런 성격은 봉제 인형의 자아뿐만이 아니라 악몽의 결정자 본인도 가지고 있는 모양이었다.

하긴, 수없이 쪼개놓았다지만 결국 의체에 불어넣은 자아는 악몽의 결정자 본인의 것이다. 전혀 다른 별개의 인격은 아닌 것이다.

"경배라도 해야 하나요?"

"그럴 필요까지야. 네 경배를 받기 위해 이곳에 부른 것은 아니니 말이야."

악몽의 결정자가 백현을 성역으로 직접 초대한 이유는, 퓨어세인트에 대해 의논하기 위해서였다.

그전에. 백현은 사라를 힐긋 돌아보았다.

"잠깐 밖에 구경이라도 하고 올래?"

"왜?"

백현의 말에 사라가 눈살을 찡그렸다.

퓨어세인트에 관한 이야기라면, 당연히 사라도 들어야만 했다. 퓨어세인트는 대뜸 해온 습격의 이유를 '친구'를 만나기 위해서라고 말했고, 그녀가 지목한 친구는 다름 아닌 사라였다.

사라는 대체 왜 퓨어세인트가 그렇게 한 것인지는 알 수 없었지만, 그에 관련된 이야기에서 자신을 제외하려 드는 백현을 노려볼 수밖에 없었다.

"너보다는 내 멘탈이 튼튼할 테니까."

퓨어세인트가 네 세계를 멸망시킨 장본인이며, 네게 있어서 가족과 같았던.

"아까도 봤잖아, 그 끔찍하던 것들. 봐서 좋을 게 뭐가 있어? 어차피 싸움은 내가 할 텐데. 안 그래?"

그걸 솔직히 말할 수 있을 리가.

사라에게 있어서 과거는 지옥이다.

백현은 사라의 죄책감에 도저히 공감해 줄 수는 없었지만, 퓨어세인트에 관한 이야기를 전해 들었을 때 사라가 대체 어떤 반응을 보일지는 어렵잖게 상상할 수 있었다.

절망하거나, 아니면 미쳐 날뛰거나.

어느 쪽이든 보고 싶지 않은 광경이다. 어려서부터 너무 많은 불행을 겪은 사라에게, 그만한 배신감과 절망감을 전해주고 싶지는 않았다.

사라는 대답하지 않고 백현을 물끄러미 보았다. 어차피 싸움은 내가 한다. 그야 그렇겠지. 하지만…….

사라는 천천히 고개를 저었다.

"아니, 괜찮아. 그 새끼, 날 정확하게 지목하면서 친구니 뭐니 떠들었어. 그 새끼는……. '날' 알아."

"날 도발하기 위한 헛소리였을 지도 몰라."

"그게 말도 안 되는 소리라는 것은 너도 알지?"

대답할 말이 마땅찮다. 백현은 말없이 뒷머리를 벅벅 긁었다.

차라리 한 대 후려쳐서 기절시킬까.

순간적으로 떠오른 방법이기는 했지만, 백현이 생각하기에는 제법 합리적인 방법이었다.

문제는 뒤처리다. 그렇게 퇴장시킨 다음에, 사라에게 뭐라고 말해야 한단 말인가?

"과보호는 질색이야."

사라는 그렇게 중얼거리면서 눈을 찡그렸다.

"네가 뭘 숨기고 싶은 건지는 잘 모르겠지만, 나한테 평생 숨길 자신 있어?"

없다.

퓨어세인트가 대놓고 드러내기 시작한 이상, 백현이 떠들지 않아도 언젠가 사라는 알게 될 수밖에 없을 것이다.

"그럴 자신 없으면, 그냥 나한테 솔직히 말해줘. 내게 뭘 숨기고 있는 건지. 그리고, 네가 뭘 두려워하는 건지."

두려워하는 것.

백현은 한숨을 푹 내쉬었다.

이것도 결국 자기 합리화지. 천의무봉을 살리고 싶다고 생각했을 때와 똑같다.

백현은 천천히 손을 내밀었다.

그는 사라의 어깨를 꽉 잡아주었다. 사라는 움찔 몸을 떨며 백현의 눈을 쳐다보았다.

그렇게 마주한 백현의 눈은, 그녀가 보았던 그 어느 때보다 고요히 가라앉아 있었다.

"난."

사라가 먼저 입을 열었다.

"네가, 나한테 뭔가를 숨기는 것은 괜찮아. 결국 그것을 나한테 들켰을 때도, 괜찮아. 하지만 말이야. 그게 나랑 관계된 것이고, 내가 알게 되었을 때……. '배신감'을 느끼게 될 만한 것이라면."

"그만."

고집으로 밀고 나간다면, 사라는 더 캐묻지 않고 나갈 것이다. 하지만 백현은 그러지 않았다. 끝까지 하지 않은 말은 굳이 들을 필요가 없었다.

"내가 졌어."

널 원망할 거야.

백현은 사라가 마저 하지 않은 말을 생각하면서 한숨을 내쉬었다.

결국 언젠가 알게 될 사실. 퓨어세인트가 떠들기도 전에 그녀를 쳐 죽인다면 문제될 것이야 없겠다만……. 그건 불가능한 일이다.

퓨어세인트는 성역 안에 틀어박혀 있다. 설령 그녀가 밖으로 나온다고 해도, 그녀가 떠들 틈을 주지 않고 쳐 죽일 수 있다는 확신은 없었다.

퓨어세인트의 입에서 사실을 전해 들을 때 받을 충격과 지금, 백현의 입으로 전해 들어 받게 될 충격. 고민의 여지 없이 전자가 거대할 것이다.

백현은 천천히 고개를 돌려 악몽의 결정자를 보았다. 여전히 소파에 몸을 뉘이고 있던 그녀는, 묘한 눈빛으로 백현과 사라를 쳐다보고 있었다.

잠시 둘을 응시하던 악몽의 결정자가 손을 들어 백현을 가리켰다.

"인성(人性)."

"……네?"

악몽의 결정자는 자세를 바꾸어 앉았다.

양 발바닥을 찰싹 붙이고 앉은 그녀는, 봉제 인형에게서 느꼈던 장난스러운 미소를 지었다.

"네 편협하고 자기중심적인 인성. 그것이 너라는 인격을 만들지. 그러면서도 넌 충만한 광기를 지니고 있고, 끝 모를 잠재력까지 가지고 있다. 그게 참 묘하게 균형을 이루는군."

아직 백현을 겨누고 있던 손가락이 옆으로 움직였다. 악몽의 결정자는 사라를 가리키며 킬킬 웃었다.

"너는 치우친 상냥함을 가지고 있어. 자기중심적인 너는 공감은 하지 않지만, 그럼에도 '네 것'을 사랑하지. 넌 비틀린 감정의 괴물이야. 후천적인 요인으로 비틀린, 사이코패스에 가까우면서 사이코패스는 아니지. 정상적이라면 '교정'이 필요하겠지만……. 넌 자체적으로 정상이 아니니까 말이야. 오히려 지금의 네게 그 편협하고 비뚤어진 인성이 필요해."

"왜요?"

백현은 고개를 갸웃거리며 물었다.

악몽의 결정자는 그 질문에 지그시 웃었다.

"그마저도 저버린다면 너는 세상에 다시없을 악신(惡神)이 될 거다. 인성이 없어지면 네 광기는 통제되지 않고 제 마음 가는 대로 날뛰겠지. 네게는 지금보다 그쪽이 더 어울릴 것 같기는 하다만……."

악몽의 결정자는 그렇게 중얼거리며 손가락을 들어 올렸다. 그녀는 보란 듯이 들어 올린 손가락을 자신의 입술로 가져갔다.

끼기긱!

굽혀진 손끝이 '입'에 걸쳐져 당긴다. 그러자 당겨진 왼쪽 얼굴이 흔들리며 무수히 많은 '죽음'의 흔적을 과시했다.

"결국 후회하게 되는 것은 이미 잃어버린 후인 법이야. 잃어버렸거나, 스스로 버렸거나…… 빼앗겼거나…… 뭐, 더 이상 가지고 있지 않게 되었을 때 후회하게 되지. 정작 가지고 있을 때는 필요 없다 생각하면서."

그건 조언이라기보다는 스스로에게 말하는 자조처럼 들렸다.

"인간은 불완전해. 인간은, 불완전하게 태어났고 완전을 꿈꾸다가 죽는 것이 대부분이야. 우리는 긴 시간을 살지 못하는 결함종이다. 필연적으로 불가능한 일에 매진하다 보니 스스로를 망치지."

존재의 불완전함으로 인한 광기.

"그에 시달리지 않기 위해서는 광기를 품을 수밖에 없어. 아주 다양한 방법으로 말이야. 내가 해줄 수 있는 말은 이거야. '버려' 버리면 언젠가는 후회하게 돼. 이미 오래전에 버린 것을 찾아 헤매면서, 갈기갈기 찢은 것을 간신히 찾아내 끌어모으고, 결국 찾지 못한 것은 비슷하게 모방까지 하려 들어."

셀 수 없이 많은 자아. 신격이 되기 위해 쌓은 업과 그로 인한 광기를 감당하기 위해 쪼개고, 버리고. 결국에는 한곳에 끌어모은.

악몽의 결정자는 피식 웃었다. 그녀의 얼굴이 다시 소녀의 것으로 되돌아왔다.

"뭐, 네 광기는 네 목적과 인성에 부응해 주고 있으니 상관없지만. 나로서는 악신이 되어버린 네가 얼마나 끔찍할까도 궁금하군. 장담하건대 너는 그 어떤 마왕보다 많은 세상을 파멸시키고, 그 누구보다 많은 신격을 죽이며 절대적 악으로 완성되어 갈 거야. 그 신화는, 그저 싸우고 싶다는 광기로만 행해지겠지."

"그것도 꽤 좋을 것 같은데."

"후회해도 괜찮다면 상관없지. 하지만……. 대부분 후회해 버려. 퓨어세인트가 그런 것처럼."

갑작스레 그 이름이 나왔다.

악몽의 결정자는 곁에 두었던 아모스를 들어 올렸다.

그녀는 아직 방구석에 앉아 숨을 돌리고 있던 샤나크에게 손짓했다. 샤나크는 되묻지 않고 일어나 악몽의 결정자에게 다가왔다.

"직접 보면 미쳐 버린다."

악몽의 결정자는 그렇게 중얼거리며 아모스를 흔들었다.

우우우우!

바닥 가득 새겨진 마법진이 핏빛을 내뿜는다.

"하지만 보지 않고서는 이해할 수 없겠지. 너희가 곧 직면하게 될 것은, 퓨어세인트를 이룬 신화의 초석(礎石)이다. 나로서도 상상할 수 없는 죄와 업을 짊어진 거악(巨嶽)의 근원이자, 존재할 듯하나 싶던 인성의 잔재이며, 너무 늦어버리고 가증스러운 후회 자체이기도 하지."

봉제 인형의 입으로 차마 말할 수 없었던 것들. 바라보는 것만으로 일부 자아가 소멸해 버렸다. '존재'로서는 퓨어세인트의 죄에 추악함을 느꼈고, '흑마법사'로서는 비뚤어진 경외를 느꼈다. 그리고 신격으로서는, 가증스러움을 느꼈다.

"자."

마법진에서 일렁거리는 핏빛이 일어선다.

악몽의 결정자는 샤나크의 옷깃을 잡았다. 홱 끌어당기는 힘에 샤나크의 몸이 소파에 파묻혔다. 악몽의 결정자는 샤나크를 작은 몸으로 끌어안으며 웃었다.

"보고 미치지는 마라."

쿠우우웅!

공간이 뒤집혔다. 백현과 사라는 까마득한 어둠 속으로 추락했다.

추락하는 것은 악몽의 결정자와 샤나크도 마찬가지였다. 악몽의 결정자는 샤나크의 두 눈을 손으로 가리고, 흐트러짐 없는 모습으로 앉아 소파와 함께 추락하고 있었다.

이건 현실이 아니다. 악몽의 결정자의 자아가 말브론에 삼켜져 보았던 것을, 그녀의 마법으로 재현한 것뿐이다.

위치엔드가 오라클로 본 미래를 직접 보여주었던 것과 똑같다.

아니, 그것보다 더 리얼했다.

백현은 자신도 모르게 호흡을 멈췄다. 호흡이 힘들 정도로 농밀한, 불길한, 마룡왕이 진심으로 내비치던 살기.

세상 하나를 통째로 죽여 버릴 듯한……. 그래, 결국 '듯한'이다. 실제로 하지는 않았다.

모든 용을 죽인 그녀의 위업은 실로 대단한 일이나, 세상 '하나'를 통째로 죽이지는 않았다.

그렇기에 이곳의 죽음은 비교 대상이 없다. 세상 하나를 통째로 죽이고, 그 모든 불길함을 붙들어 맨 것이 지금의 광경이다.

백현은 전신 털이 모조리 곤두서고 살갗에 오돌토돌한 소름이 돋는 것을 느끼며 아래를 보았다.

시커먼 어둠 속에, 하얗고 거대한- 뼈로 만든 것 같은 나무가 서 있다.

망령수.

악몽의 결정자에게 이미 듣기는 했지만, 역시 백문이 불여일견이라.

실제가 아니라 환영일 뿐이라고 해도.

"너무 리얼하잖아……."

백현은 심장의 떨림을 느끼며 중얼거렸다.

듣는 것만으로는 실감하지 못했지만, 직접 보니 알겠다. 망령수란 것이 얼마나 터무니없고 추악한 것인지. 저 거대한 백골 나무에 얽힌 수많은 불온함.

존재 하나의 죽음, 그 모든 것이 별것도 아니란 듯이 휘감겨 있다. 너무……. 많다. 인간을 떠나서 동식물, 세상 자체의 죽음.

저 나무는 그러한 죽음으로 태어났고, 그 모든 것을 양분으로 삼아 서 있다.

"그것뿐만이 아니야."

어느새 악몽의 결정자는 곁에 있었다.

그녀는 여전히 소파에 앉아, 샤나크의 눈을 가리고 있었다. 하지만 완전히 가리지는 않았다. 손가락 틈을 살짝 벌려, 샤나크가 저걸 볼 수 있도록 해주고 있었다.

"네게도 도움이 될 거야."

보는 것만으로도 말이지. 악몽의 결정자는 그렇게 중얼거리며 백현과 사라를 쳐다보았다.

백현은 흠칫 놀라 사라를 돌아보았다.

사라의 표정은 하얗게 질려 있었다. 그녀는 굳은 얼굴로 망령수를 보고 있었다.

저 끔찍한 불길함에 질려 버린 것일까. 백현은 사라를 보다 강하게 끌어안았다.

"봐야 할 건 저게 아니야."

진정으로 추악한 것.

악몽의 결정자는 발끝으로 망령수의 아래를 가리켰다. 망령수의 존재감에 압도되어 보지 못했던 것.

그건, 망령수와 비교하자면 작기 이를 데 없지만- 그럼에도 충분히 크다고 할 수 있는, 망령수와는 전혀 다른 느낌의 '나무'였다.

그 나무의 앙상한 가지에는 초록의 이파리들이 매달려 흔들리고 있었다.

"저게 퓨어세인트가 가진 가증스러운 후회야."

악몽의 결정자가 소곤거렸다.

"뿌리를 잘 봐."

서로 다른 성질을 띠는 나무의 뿌리가, 얽혀 있었다. 아니,

얽혀 있는 정도가 아니었다.

"이어졌다……."

"퓨어세인트는 말이야."

악몽의 결정자가 키득거리며 웃었다.

"'지구'의 신앙을, 나무로 피워낸 거야. 그리고 그 신앙으로……. 망령수를 정화하고 있어."

악몽의 결정자의 목소리에서 웃음기가 사라졌다.

"그 미친년은, 이 세상을 통째로 갈아 넣어 망령수의 본질을 바꾸려는 거야."

그게 무슨 뜻인지 알겠어? 악몽의 결정자는 경멸 섞인 목소리로 내뱉었다.

"자기가 죽여 버린 세상을, 다른 세상을 바쳐 되살리려는 거야."

2장
네가 보는 앞에서

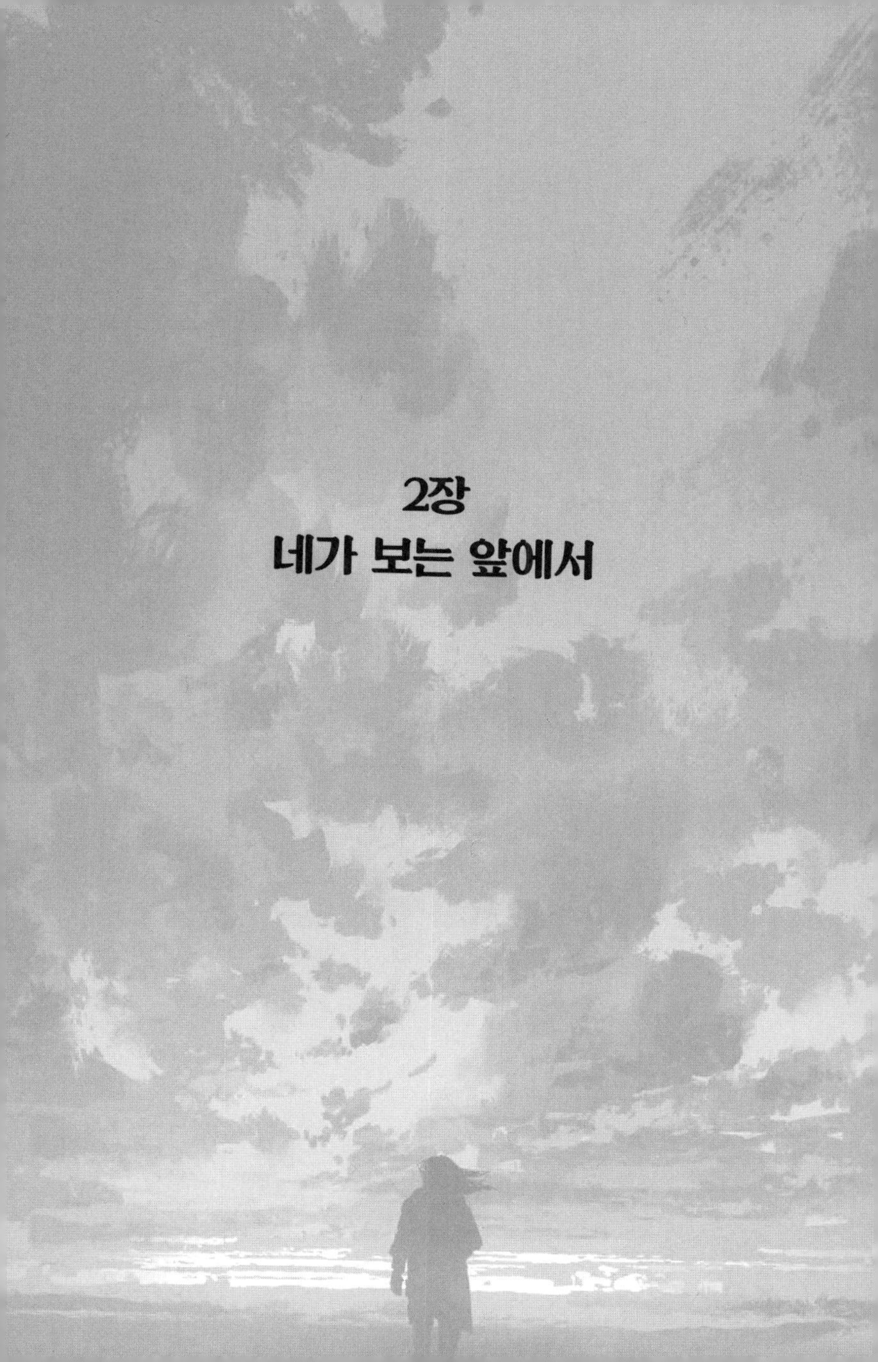

그 터무니없는 말에 백현은 고개를 돌려 악몽의 결정자를 쳐다보았다.

악몽의 결정자는 징글맞은 벌레를 보는 것 같은 눈으로 망령수와 어린나무를 노려보고 있었다.

"아마 그것이 퓨어세인트의 가장 큰 목적이었겠지. 혼돈의 근원에 바라던가, 그럴 수 없다면 '직접' 신앙을 긁어모으면서까지."

공간이 뒤바뀐다. 추락은 멈췄고, 어느새 백현은 두 발로 땅을 딛고 있었다. 마법진의 빛이 꺼지자 망령수는 더 이상 보이지 않았다.

"……퓨어세인트는 마신에게 이 세상을 바치기로 한 것 아니었나요?"

"바뀌는 것은 없어."

악몽의 결정자가 대답했다.

"신앙으로 키운 나무는 일종의 보험일 뿐이야. 혼돈의 근원을 탐색하면서 동반한, 만약을 위한 보험. 하지만 퓨어세인트가 혼돈의 근원을 손에 넣는다면, 굳이 보험에 기댈 필요는 없지."

지구는 마신에게 준다.

그리고 퓨어세인트는 어비스를 갖는다.

"그렇게 된다면 퓨어세인트는 더 이상 망령수를 붙들고 있을 필요가 없어. 망령수에 붙잡힌 '정보'를 통해, 어비스에서 새로이 '만들면' 되는 거니까. 그걸 인간이라고 해야 할지 몬스터라고 해야 할지는 모르겠지만."

어비스의 몬스터들은 혼돈이 형태를 이룬 것들이다. 퓨어세인트가 정말 혼돈의 근원을 손에 넣고, 통제하여, 어비스의 주인이 된다면. 그녀가 원하는 만큼 새로운 몬스터를 만들어낼 수 있을 것이다.

"어려운 일은 아닐 거야. 퓨어세인트는 자신이 망령수로 만들며 죽인 모든 혼을 붙잡고 있으니까. 그렇게 된다면, 퓨어세인트는 더 이상 이 세상 사람들이 숭배하는 '퓨어세인트'를 연기할 필요가 없어지지."

추악해. 악몽의 결정자가 진저리 치며 중얼거렸다.

"퓨어세인트라는 신명부터가 모순이야. 이 악신이 그딴 신명으로 불렸을 리가 없어."

"언명."

백현은 하이로드에게 들었던 퓨어세인트의 역린에 대해 떠올렸다.

'언명.'

퓨어세인트의 신명이 진짜가 아니라는 것은 하이로드도 짐작하던 것이었고, 그녀의 '진명'은 언명이 되어 퓨어세인트의 역린이 된다.

"……확실히, 퓨어세인트의 신명이 거짓이라면, 언명으로 그년을 찌를 수도 있겠지만."

악몽의 결정자가 눈썹을 찡그렸다.

"하지만 알 방법이 없단 말이지. 그년의 세상은 이미 멸망했고, 그년에 대해 말해줄 존재는 퓨어세인트밖에 존재하지 않아."

"……아뇨."

백현은 떨고 있는 사라의 어깨를 보듬어주었다. 사라는 천천히 고개를 돌려 백현을 쳐다보았다.

백현은 마주한 눈동자에서 다양한 감정을 읽어냈다. 공포, 경멸, 그리고.

"말해."

사라가 중얼거렸다.

"네가 나한테 숨기려고 했던 이유. 그 미친년이 나한테 아는 척했던 이유. 맞아, 처음에도 그랬어. 그년은, 나를 알고 있었어."

어비스에 처음 들어갔을 때, 퓨어세인트가 보였던 기묘한 반응.

붉은 눈을 들여 보았다…….

"세계 하나를 멸망시켰다고 했지."

사라는 바짝 고개를 기울여 백현을 쳐다보았다.

그 커다란 붉은 눈은, 공포와 경멸과 함께 간절함마저 띠고 있었다. 제발 아니라고, 그렇지 않다고 부정해 달라고.

"퓨어세인트는 사교의 마녀야."

아마도, 라는 말은 덧붙이지 않았다. 도저히 아닐 수가 없기 때문이었다.

사라의 눈동자가 멈췄다. 그녀는 멍하니 입을 벌려 백현을 응시했다.

"……그리고?"

여전히 부정해 달라는 간절함을 담아서, 사라는 더듬더듬 말을 덧붙였다.

그녀도 사실은 알고 있었다. 퓨어세인트가 사교의 마녀라는 것? 여태까지 드러난 것으로 확신하기에 충분하다.

하지만 '하나'. 그 하나는 도저히 모르겠다.

"사교의 마녀가…… 왜 나를 친구라고 부른 거야?"

답은 이미 알고 있었다. 그래서 제발, 아니라는 말을 듣고 싶었다.

붉은 눈을 들여 본 것.

친구라고도……. 말했다.

퓨어세인트가 단지 사교의 마녀일 뿐이라면, 사라를 친구라고 말할 리가 없다.

애당초 사라에게, 자신을 친구라 부를 만한 존재는 많지 않았다.

교회에서 함께 탈출한 아이들? 그들에게 있어서 사라는 밥벌이에서 제외된 식충이일 뿐이었다.

교회에서도 마찬가지였다. 다른 아이들과는 여러모로 다른 특별 대우를 받는 성녀 후보. 강제로 머리를 숙여야 할 대상이었지 친구는 아니었다.

사라를 친구라 부를 만한 대상은.

"……아마도."

이번에는 덧붙일 수밖에 없었다. 모든 조건이 '확신'을 만들어내고 있었지만, 백현 본인도 혹시 모를 예외를 갈망했다.

하지만, '아마도'를 덧붙인다 할지라도 말할 수밖에 없었다.

"퓨어세인트는 페레하야."

절대 아니라고 생각하고 싶던 말을 들었을 때.

사라는 울지 않고, 그 자리에 주저앉아 버렸다.

"자살행위야……."

해리는 낙담한 목소리로 중얼거렸다.

하이로드의 의도야 전해 들었지만, 아무리 그래도 이건 너무 '빠르다'. 해리는 그렇게밖에 생각할 수 없었다.

퓨어세인트의 천국에서 나온 지 얼마 되지도 않았는데, 이렇게 바로 다른 군주의 성역을 방문하다니!

[늑장을 부렸다간 잡을 것도 못 잡는 법입니다.]

하이로드는 칭얼거리는 해리를 달래듯이 말했다.

[퓨어세인트는 감정에 치우쳐 너무 대놓고 일을 벌였습니다. 그들이 아무것도 알지 못한다면 모를 일이지만, 저는 이미 이전의 만남에서 '언명'이 역린이라고 알려주었습니다.]

그것을 실마리로 한다면, 퓨어세인트의 정체는 어렵잖게 짐작하는 것이 당연했다. 오히려 현시점에서는 백현 쪽이 하이로드보다 퓨어세인트에 대해 많은 것을 알고 있을 것이다.

그런 상황에서 퓨어세인트와 백현, 어느 쪽 줄을 잡을지 고민하는 것은 무익한 일이었다. 이미 퓨어세인트는 하이로드와 확실하게 선을 그었다.

'배신자 취급은 괴로울 텐데…….'

[배신이 아닙니다. 그리고, 배신이라 할지라도 따지고 보면 먼저 배신한 쪽은 퓨어세인트입니다. 마신과 손을 잡았으니까요.]

'그런데, 이미 언령에 대해 전해주기도 했고…… 저쪽도 이미 퓨어세인트의 역린이 그, 빨간 눈의 여자라는 것을 알고 있을 것 아니에요? 그렇다면 우리가 줄 수 있는 게 뭐가 있다는 거죠?'

[자신을, 아니, 우리를 너무 과소평가하는 것 아닙니까?]

해리의 질문에, 하이로드는 어이가 없다는 듯이 큭큭거리며 웃었다.

[저는 신격입니다. 전투에 특화되어 있지는 않다지만, 상당한 힘을 가진 신격인 것은 분명하죠. 전력이 증원되는 것인데 무조건 싫다 할 이유가 있겠습니까?]

'그렇기는 하지만…….'

[또, 나는 퓨어세인트의 '과거'는 몰라도 현재의 그녀는 잘 알고 있습니다. 퓨어세인트가 대체 뭔 짓을 하려는지도 말이죠. 히어로 영화……. 그 방면은 잘 모르지만, 당장 그것만 들먹여도 제법 구미를 당겨 할 겁니다.]

확신이 참 빠르다니까. 해리는 그런 생각을 하면서 무거운 발걸음을 옮겼다.

그래, 다른 것은 다 그러려니 받아들일 수 있다.

신격 하나의 협조를 받는 것이니, 이성적으로 생각한다면 거절을 들을 이유가 없다.

하지만 아무리 그렇다고 해도 '직접' 찾아갈 이유가 어디에 있단 말인가? 그것도 천공성도 아닌, 악몽의 결정자의 영지에 직접! 그곳이라면 하이로드가 비호해 줄 수도 없다.

[그 정도는 해야 이쪽이 진심이라는 것을 알지 않겠습니까?]

남 일이라는 듯이 떠드는 하이로드가 원망스러웠다.

그래, 따지고 보면 남 일이기는 하다. 결국 들어가는 것은 해리지, 하이로드가 아니다.

[자, 정중하게.]

굳게 닫힌 판데믹의 문 앞에서. 해리는 적의가 없다는 뜻으로 두 손을 들어 올렸다.

이러고 있는 것은 퓨어세인트도 알고 있을 터. 이제 돌이킬 수 없다. 퓨어세인트는 하이로드가 배신했다는 것을 알게 되었다.

'왜 몰래 하지 않는 거예요?'

[그러면 의심받을지도 모르잖습니까. 이렇게 대놓고 하는 것이 서로의 입장을 분명히 해줍니다.]

'퓨어세인트와 짜고 치는 것이라 생각하면?'

[그렇다면 안타까운 일이지만, 아마 그러지는 않을 겁니다. 이쪽이 꽤나 간절하다는 것은 그들도 이해하고 있을 터이니.]

그런 대화를 나누는 중에 판데믹으로 이어지는 문이 열렸다. 해리는 꿀꺽 침을 삼키며 문 안으로 발을 디뎠다.

성역으로 입장할 때 특유의 부유감. 그것이 끝난 순간. 해리가 본 것은.

시커먼 어둠이었다가.

눈 부신 폭발의 빛이 되었다.

꽈아아앙!

조금 늦게 들려온 폭음에 해리는 비명을 질렀다. 그는 양 머리를 감싸 쥐며 본능적으로 땅을 뒹굴었다.

하이로드의 목소리는 뚝 끊겨 있다. 데굴데굴 구른 해리가 부딪친 것은, 우뚝 솟은 비석이었다.

"무, 무덤?"

무덤에서 왠 폭발? 설마 성급한 신격 중 누군가가 이 판데믹을 습격한 것인가!

대체 누가? 퓨어세인트일 리는 없고, 다른 사도…… 템페스트? 아이언메이드? 아니, 아니, 템페스트는 모르겠지만 벌써부터 그런 짓을 벌일 만큼 무모하지는 않을 터. 그렇다면……. 역천자? 벌써?

"들어오고 싶어 한 모양이라 문은 열어주었다만."

머리 위에서 들리는 목소리에 해리는 퍼뜩 고개를 들어 올렸다.

웬 소파 하나가 공중에 둥실 떠 있었다. 여유롭게 흔들리는 두 다리가 보인다. 거기서 불쑥, 머리가 튀어나왔다.

"왁!"

"너 겁쟁이구나."

악몽의 결정자는 해리를 내려 보면서 쯧쯧 혀를 찼다.

"의도적으로 외형을 어린 모습으로 꾸민 것은 아니고. 딱 그 나이에 맞나. 그렇다면 겁쟁이인 것도 당연하지. 지금은 네가 의존할 하이로드의 목소리도 안 들리지?"

소파가 천천히 내려온다.

해리는 뒷걸음질 치다가 비석에 등을 부딪쳤다. 비석의 싸늘함에 해리의 몸이 파르르 떨렸다.

"흠, 재능은 굉장하다만. 너무 덜 익었는데……. 그래서 다루기 쉽다는 장점은 있겠다만. 단점도 만만찮아. 하이로드에 의존하지 못하다면 그냥 겁쟁이 애새끼잖아."

누구지?

떠오른 의문에 즉시 답이 떠오른다. 자그마한 소녀의 모습이지만, 이토록 거대하고 소름 끼치는 존재감…….

"아, 악몽의 결정자……?"

악몽의 결정자는 대답하지 않고 웃었다.

해리는 눈동자를 굴려, 악몽의 결정자의 옆에 앉아 있는 샤나크를 쳐다보았다. 그는 불만 가득한 얼굴로 묘지 너머를 노려보고 있었다.

쾅, 꽈앙!

또다시 터진 폭발음이 대지를 뒤흔든다.

해리는 꿀꺽 침을 삼키며 납작 엎드렸다.

“계속 내버려 둘 거냐.”

“뭐 어때, 누가 이길지나 내기할까?”

“답이 뻔한 내기를 뭐 하러 하지?”

“뭐 그렇기는 하지만, 이길 수 있지만 져줄 수도 있잖아.”

“저놈이 져줄 리가 있나.”

샤나크는 어이가 없다는 투로 중얼거렸다.

습격이 아니다……. 대체 누가?

해리는 슬며시 고개를 들었다. 그런 해리를 향해 악몽의 결정자가 말을 걸었다.

“그래서, 넌 뭘 하러 왔지?”

“그…… 대, 대화를.”

“나랑?”

“어찌 감히…….”

“흠, 분수를 아는 건 좋은 거야. 하이로드가 왜 너를 사도로 삼았는지 알겠어.”

악몽의 결정자는 히죽 웃었다.

“오래 걸리지는 않을 거니까, 조금 기다려 봐.”

대체 뭘?

해리는 꼴깍 침을 삼키며 먼 곳을 보았다.

묘지 바깥에서, 백현과 사라가 싸우고 있었다.

사라는 진심이었다.

악몽의 결정자의 허락을 얻어 천공성의 지원까지 받았다. 아프라스와 링크해 빛의 날개를 펼쳐 끝없는 힘을 공급받았고, 전투에 있어서도 아프라스의 보조를 받았다.

일 년 동안의 수행. 그 덕으로 이전과 비교도 할 수 없이 진보한 백설염화천무.

예전 마룡왕과 싸운 이후로, 사라는 '실전'에서 단 한 번도 백설염화천무를 전력으로 펼친 적이 없었다.

그럴 만한 상대가 없었다.

하지만 지금은. 전력을 다하는 것으로도 부족했다. 정말, 단어의 의미 그대로 사력(死力)을 다해야만 했다.

[7시 방향 다수의 강기탄, 3시 방향에서…….]

귀로 듣는 것이 아니다. 아프라스의 보조는 즉시 머릿속에 새겨진다. '듣는다'보다는 '깨닫게' 되는 것이다.

그 보조가 늦지는 않다. 아프라스의 보조는 사라와 융화되어 있다.

늦는 것은, 사라 자신이었다. 깨닫는 것이 늦다. 몸을 움직이는 것이 늦다……. 깨달은 순간 공격은 이미 와 있다.

사라는 홱 하고 몸을 비틀어 들어오는 공격을 피해냈다. 양손을 휘감은 극상성의 힘들을 내뿜었다.

폭발, 폭발. 무의미한 공격이 아니다. 폭발의 반경을 좁혀가며 '상대'의 움직임을 유도한다.

그것까지는 계획대로라 할 수 있었다.

그럼에도 계획이 끝내 이뤄지지 않는 것은, 유도해도 잡을 수 없기 때문에.

지극히 간단한 답이다. 마치 합을 맞춰주듯 유도되어서, 결국 농락당하는 것은 이쪽이다.

찰나. 시야에서 벗어나는 움직임. 감각을 완전히 벗어난다. 그 이후에 깨닫는 것은 결과뿐이다.

[왼쪽 늑골…….]

이미 맞았다는 결과.

사라의 몸이 휘청거리며 무너졌다. 치미는 격통을 삼킨다. 아픔을 참는 것은 익숙했다.

감사라 할 만한 것은 '끝내지' 않았다는 것. 이쪽이 납득할 수 있게 하기 위해?

아니, 그런 오만한 이유가 아니다.

혹시라도 죽이게 될까 봐. 그런, 굴욕적인 상냥함이 끝나지 않는 이유였다.

"봐주지 마!"

사라는 악을 쓰듯 외쳤다.

그녀의 등 뒤에서 에테르 날개가 빛을 뿜었다. 최속으로 가속한 그녀는 멀찍이 물러선 백현을 향해 돌진했다.

놀랄 정도로 빠르다. 강해졌다는 것은 알았지만, 역시 직접 싸워봐야 안다. 사라는 이만큼이나 강해졌다.

하지만.

백현의 몸이 뒤로 쭉 밀려난다. 뒤쫓듯 가속해 온 사라가 거리를 바짝 좁힌다.

좁히는 것은 순식간이었다. 너무 쉽게 따라잡았다는 것, 알아차린 순간에 사라는 즉시 반응했다.

속도를 확 좁히면서 공격이 아닌 방어. 하지만 똑같은 속도에서, 백현은 사라의 움직임을 슬로우 모션처럼 보고 있었다.

터턱!

소리는 크지 않다. 단 두 번. 출수하고, 회수하고. 그렇게 움직인 손등이 사라의 턱 끝을 스쳤다.

전신에 휘감은 호신강기를 너무나 손쉽게 관통……. 아니다. 그 순식간에 천의무봉으로 사라의 호신강기를 '열었다'.

그렇게 드러난 턱에 출수, 회수. 턱을 깨부술 정도의 타격도 아니지만, 턱 끝을 스치는 것만으로 두개골 속의 뇌를 뒤흔든다.

맥이 탁 풀리고, 시야가 뒤흔들린다. 확 하고 다가오는 지면……. 쓰러진다.

사라는 이를 악물고 두 다리에 힘을 주었다. 에테르 날개가 상실된 운동 기능을 보조했다.

휩쓸 듯 아래에서 위로 내지른 주먹이지만 백현에게는 닿지도 않았다.

툭!

뒤로 물러선 백현의 발등이 사라의 오금에 걸리고, 당겼다. 사라의 몸이 앞으로 쏠리며 넘어진다. 백현은 손으로 사라의 뒤통수를 잡아 누르며.

그녀의 예쁜 얼굴 한복판에 무릎을 꽂아 넣었다.

"아으……!"

이번에도 똑같다. 상냥한 공격이다. 아프지만, 도저히 죽을 정도는 아니다. 이쪽은 죽을 정도로, 죽일 정도로, 사력을 다해서 싸우고 있는데.

'이렇게? 이렇게나?'

차이가 난다는 것은 알았다. 하지만 이렇게나 차이가 날 줄이야.

강기를 폭사시키는 사라와는 다르게 백현의 움직임은 철저하게 체술과 천의무봉에 치중되어 있었다.

그 굴욕감.

에테르 날개가 빛을 뿜었다. 다가오는 지면은 어쩔 도리 없이 가까웠다.

사라는 양손으로 땅을 디뎠다. 그 순간, 에테르 날개가 '손'의 모습으로 바뀌었다.

무궁휘광.

백설염화천무의 최종오의라 할 수 있을 공격이 발현되었다. 최대 출력으로 뿜어낸 극염강기와 극한강기가, 에테르 날개의 무한한 출력에 더해져 뒤섞인다.

예전 한참 부족하던 시절에도, 마룡왕의 비늘을 손상시켰던 공격이다. 그때보다 훨씬 진보하고, 아프라스의 에너지까지 더해졌다.

겨누는 곳은 정확하다. 그토록 잘났으면 이것도 한번 피해보라는 모진 마음도 있었다. 그런 마음 한편으로, 절대로 백현이 이것에 죽지 않을 것이라는. 그런 낙담도 있었다.

부푸는 빛을, 검은빛이 덮어버린다. 빠져나올 곳 없이 통째로 휘감아, 그대로…….

사라는 양손으로 땅을 짚고, 어깨를 바르르 떨었다.

"내가 이겼어."

이어지는 공격은 없었다.

오직 선고만이 담담히 사라의 귀를 파고들었다.

백현은 무궁 휘광을 눌러버린 손을 들어 올렸다. 파천강기가 들끓는다. 통째로 휘감아 응축시킨 무궁휘광은, 파천강기를 당장에라도 찢을 듯 날뛰고 있었다.

백현은 그것을 하늘로 휙 던졌다.

꽈아앙!

태양이 터지는 것만 같은 폭발이 어둠을 완전히 밀어냈다. 번쩍이는 빛 아래에서, 백현은 사라를 일으켜 세웠다.

"약속. 지킬 거지?"

사라는 입술을 짓이겨 씹으며 눈을 돌렸다.

백현은 눈물이 얼룩이 되어 가득 번진 사라의 눈가를 닦아 주었다.

"내가 죽여줄게."

그게 약속이었다.

사라가 백현을 이긴다면, 아니, 백현에게 피를 흘리게 한다면. 아니, 백현에게 한 번이라도 유효한 타격을 넣는다면.

결국 이뤄지지 않았다. 사라는 단 한 번도. 백현에게 유효한 타격을 넣지 못했다. 결국 내기의 승자는 백현이었다.

"네가 보는 앞에서."

백현은 사라의 어깨를 안아주며 말했다.

그렇게 하는 것은, 흑장미여왕에게 마왕의 인장을 받을 때부터 정해져 있었다.

해야 할 일은 그대로다.

단지 약속이 늘었을 뿐이었다.

3장
깝치지 마

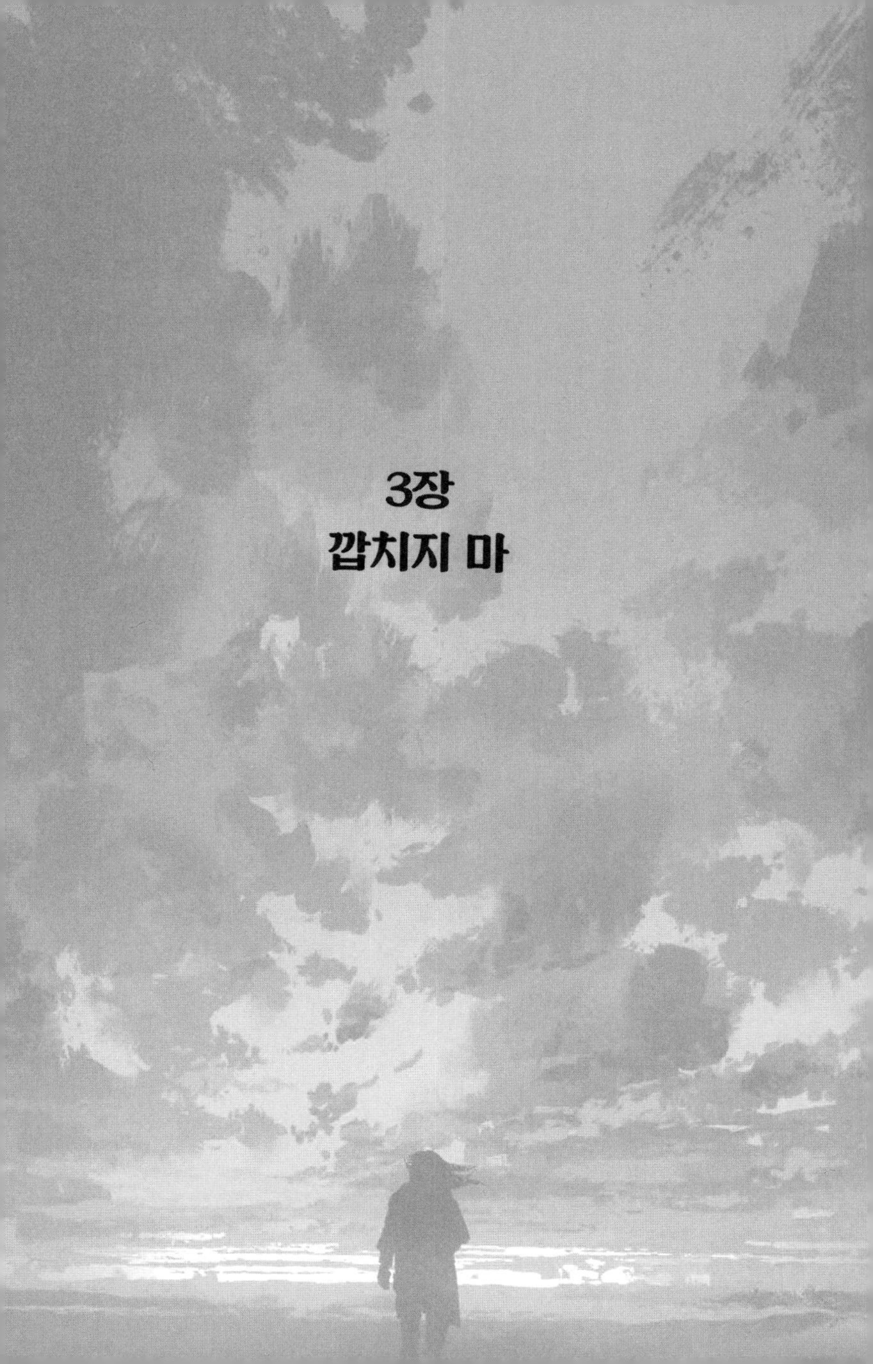

먼저 내기를 제안한 것은 사라였다.

결과는 나왔고, 납득은…….

사라는 비틀거리며 일어섰다.

그녀는 멍한 눈으로 백현을 쳐다보았다. 퓨어세인트가 사교의 마녀고, 아마도 폐레하라는 것. 배신감과 절망감, 의문……. 그런 다양한 감정들이 뒤섞였다.

퓨어세인트를 죽인다는 것은 극단적인 결말이다. 죽여 버리고 싶다는 결말을 바라게 된 것은 역시 배신감 때문이었다.

사라는 도저히 퓨어세인트를, 아니, 폐레하를 이해할 수 없었다. 도대체 언제부터 거짓말을 해왔던 것인지. 왜 그런 일을 벌인 것인지도 모르겠다.

그리고 너무 늦었다.

모든 것이 늦어버렸다. 되돌아가기에는 한참이나 늦었다.

돌아가고 싶지도 않다.

사라는 뺨에 얼룩진 눈물 자국을 닦으면서 백현의 부축을 받았다.

친구라고 말하던 퓨어세인트를 떠올려 본다. 정말 폐레하인지 아닌지는 모르겠지만, 만약 폐레하라면. 그녀는 너무나도 큰 착각을 하고 있는 것이 틀림없었다.

"넌 또 뭐야?"

백현은 납작 엎드려 있는 해리를 쳐다보며 눈썹을 찡그렸다.

해리는 벌떡 몸을 일으켰다. 재회가 반가운 인물은 전혀 아니었지만, 그래도 빳빳이 목에 힘을 주지는 않았다.

해리는 꾸벅 고개를 숙이며 나름의 예를 갖추었다.

"하이로드 님이……."

거기까지 말하고서, 해리는 잠시 말을 멈추었다.

그는 슬쩍 고개를 돌려 악몽의 결정자의 눈치를 보았다. 그녀는 소파에 앉아 짓궂은 미소를 짓고 있었다.

"여기까지 '왜' 왔는지는 너도 알고 있을 것 아냐? 그럼 하이로드를 굳이 불러올 필요는 없잖아?"

정중한 말씨로 부리는 수작질을 듣고 싶지도 않고.

악몽의 결정자가 이죽거리자, 해리는 아랫입술을 질끈 씹었다.

그는 몸에 묻은 흙먼지를 툭툭 털며 마음을 가다듬었다. 저리 말하는 의중은 뻔했다. 하이로드보다 해리가 상대하고 읽어 내리기 쉽다는 것은 당연한 것이다.

'너무 우습게 보는 것 아냐?'

아무리 나이가 어리다지만, 해리는 하이로드의 사도였다. 그에 대한 자부심과 자각은 충분히 있었다.

해리는 본격적으로 감정의 통제에 들어갔다.

"지난번에 하셨던 제안에 대한 답을 드리기 위해 왔습니다."

해리는 백현을 쳐다보며 물었다.

제안? 악몽의 결정자가 고개를 갸웃거렸다.

"하이로드한테 줄을 바꿔 잡을 생각이 없냐고 물었거든요."

"퓨어세인트를 배신하라고 말했다는 거지?"

"배신이 아닙니다. 퓨어세인트와 하이로드 님의 관계는 서로의 이해관계가 맞았기에……."

"그게 배신이지 아님 뭐야?"

"엄밀히 말하자면 먼저 배신한 것은 퓨어세인트죠. 마신을 끌어들였잖아요."

악몽의 결정자가 이죽거렸지만, 해리는 물러서지 않고 반박했다.

백현은 피식 웃으면서 해리의 앞에 털썩 앉았다.

"답을 주는 것이 너무 늦었다는 생각은 안 해?"

"너무 늦었다면 여기까지 오지도 않았겠죠."

"그래서. 하이로드의 뜻은 뭔데? 퓨어세인트를 배신하고 내 쪽에 붙겠다. 그게 전부야?"

"……저는 하이로드 님이 아니기 때문에, 그분의 뜻은 정확히 알 수 없습니다."

해리는 슬쩍 악몽의 결정자를 쳐다보았다.

"하이로드를 불러와."

백현은 손으로 턱을 괴며 말했다.

악몽의 결정자는 눈을 찡그리며 백현을 내려 보았다.

"괜찮겠어?"

"괜찮지 않을 게 뭐 있어요? 이런 대화도 서로 급이 맞아야 하는 건데."

악몽의 결정자는 입술을 삐죽 내밀었다.

해리는 하이로드와 정신적으로 연결되는 것을 느끼며 호흡을 가다듬었다.

"생각보다 빨리 열어주셨군요."

해리의 입술이 열렸다. 그의 정신을 장악한 하이로드는 앉은 자세를 고치며 악몽의 결정자를 올려 보았다.

그는 자그마한 소녀의 모습을 하고 있는 악몽의 결정자를 보며 눈을 깜박거렸다.

"……꽤나 앙증맞은 모습을 하고 계시는군요. 그런 모습이

취미였습니까?"

"너랑 다를 건 없지. 너도 혐오스러운 모습을 그럴듯한 엘프의 모습으로 포장하고 있잖아?"

"하하, 포장이라니요. 그건 가짜가 아니라, 제가 정말 엘프였던 시절의 모습일 뿐입니다."

"나도 마찬가지야. 이게 무턱대고 만들어낸 모습인 줄 알아? 나도 이 나이 때에 이런 모습이었어."

"오, 불사자의 여왕의 어린 시절을 보게 될 줄이야. 영광입니다."

"지금 시비 거는 거야?"

"그럴 리가요. 마음에서 우러나오는 말이었습니다."

하이로드는 넉살 좋게 웃으며 고개를 돌렸다.

그는 해리가 보았던, 백현과 사라의 싸움을 떠올렸다.

왜 싸웠을까……. 그 이유를 도출하는 것은 전혀 어렵지 않았다.

하이로드는 큭큭거리며 웃었다.

"새삼 후회가 되는군요. 그때 당신에게 언명에 대해 알려주지 않았더라면, 이런 상황에서 제 쪽이 보다 우월한 입장이 될……."

"이미 지껄여 버렸는데 뭔 소용이야? 그래도 자기 입장은 잘 알고 있는 것 같으니 다행이군."

백현은 피식거리는 비웃음으로 하이로드의 말을 가로막았

다. 그는 하이로드의 얼굴을 빤히 보면서 말했다.

하이로드는 잠시 눈을 깜박거리다가 웃음을 터뜨렸다.

"그렇죠. 이거 실례했습니다. 하지만 말입니다, 백현. 당신은 무엇을 알고 있습니까?"

"적어도 퓨어세인트의 과거에 대해서는 너보다 잘 알지."

"그럴 수밖에요. 난 저쪽의 아가씨와 아무런 친분이 없으니까요."

하이로드의 눈이 사라를 응시했다.

"하지만 저 아가씨와 퓨어세인트가 아주 깊은 관계에 있다는 것은 압니다. 저 아가씨가 퓨어세인트의 진명까지 알지는 모르겠지만, 퓨어세인트의 역린이라는 것은 확실하겠죠."

진명.

백현은 다시 한번 그것에 대해 떠올려 보았다.

신격에게 있어서 신명은 자신이 이룩한 신화 자체라 할 수 있다.

"퓨어세인트는 그녀답지 않게 감정적이고 무모하게, 저 아가씨를 확보하려고 했습니다. 단순히 과거의 인연에 휘둘려서? 하하, 퓨어세인트는 그렇게 어설픈 신격이 아닙니다."

그것에 대해서는 악몽의 결정자도 동감했다.

퓨어세인트는 음험하기 짝이 없는 신격이었다. 그런 그녀가 과거의 인연이라는 것만으로 그렇게 무모한 일을 벌일 리가 없었다.

"퓨어세인트는 어떻게든 저 아가씨를 확보해야 할 이유가 있었습니다."

"그건 뻔한 이야기지. 그래서 말이야, 결국 무슨 말을 하고 싶은 건데? 네가 퓨어세인트를 배신하고 내 쪽에 붙는 이유. 마신과 손을 잡은 퓨어세인트를 통제할 자신이 없어서, 네 안위가 보장되지 않아서잖아?"

"부정하지는 않겠습니다. 하지만 그게 전부는 아니죠."

하이로드가 빙그레 웃었다.

"성역이 외차원을 떠나 이 세상에 침식된 이상, 앞으로 어떤 일이 벌어질지 몰라요. 자, 지금 상황에서……. 가장 명확한 적은 누구겠습니까?"

"누구에게 있어서?"

백현은 즐거운 미소를 지었다.

"그야 당신에게 있어서죠. 당신은 다릅니다. 성역이 바깥으로 옮겨졌다고는 하나, 신격은 여전히 부자유스럽습니다. 물론 외차원에 있던 시절과는 비교도 할 수 없죠. 성역이 '넓어진' 것은 확실하니까요."

백현의 미소를 맞이하며, 하이로드도 비죽이 웃었다.

외차원은 좁았다. 보이는 '넓이'가 중요한 것은 아니다.

하지만 지금은 어떤가? 성역 자체는 넓어지지 않았더라도, 그 안의 신격들은 외차원 때와는 비교도 할 수 없는 안락함을 느끼고 있었다. 그들이 함께 침식한 '지구'는 외차원과 비교도 할 수 없이 넓은 세상이었다.

"그렇다 한들 우리가 성역 밖으로 나가지 못한다는 것은 달라지지 않았습니다."

시도는 해보았다. 하지만 신격들은 여전히 성역을 벗어날 수 없었다.

예상하지 못했던 것은 아니다. 거대한 존재감을 가진 신격이 강신하기 위해서는 그러한 '필요'가 요구된다.

애당초 신격이 자유롭게 나돌아다니던 어비스가 말도 안 되는 세계였던 것이다.

"하지만 당신은? 다르죠. 백현, 당신은 지금의 신격들이 가장 필요로 하는 것을 가지고 있어요. 자유 말입니다. 사도를 앞장세워야 하는 신격들과는 달리 당신은 자기 의지로, 마음대로, 그것도 신격에 버금가는 힘을 마음껏 사용합니다. 결국 현 상황의 가장 큰 변수가 될 것은 백현 당신입니다. 그런 당신에게 있어서 '적'은."

역천자와 퓨어세인트.

"그뿐만 아니라, 당신은 여러 신격과 우호적인 관계를 맺고 있습니다. 당장 여기 계시는 악몽의 결정자. 그리고 흑장미여왕. 재생의 뱀. 무령. 템페스트와 아이언메이드는 어떨지 모르겠으나, 그들의 사도가 당신과 우호 관계라는 것은 확실하죠."

하지만 퓨어세인트와 역천자는?

“퓨어세인트는 아군이 없어요. 유일한 아군이라 할 수 있던 저를 배신했죠. 역천자는…….”

“내 쪽이 쪽수가 더 많으니까 붙겠다는 거지?”

“합리적인 이유 아닙니까?”

“맞아, 합리적이지. 나로서는 마뜩잖은 이유지만. 하이로드, 넌 뭔가 착각하고 있어.”

“……착각이라니요?”

“주도권를 쥔 건 네가 아니라는 거지.”

백현의 눈이 가늘어졌다.

“난 네 도움이 무조건 필요한 입장이 아니거든. 네가 자기 보신을 위해 퓨어세인트를 배신한다? 그래, 네 말대로 합리적인 이유지. 하지만 나한테는 아니거든. 난 너와 다르게 할 수 있는 일이 굉장히 많아.”

하이로드의 표정이 멈칫 굳었다.

백현은 그런 표정을 보는 것이 좋았다. 자기가 이성적이고, 똑똑하고, 상황을 컨트롤할 수 있다고 믿는. 자기 자신이 우월하다고 생각하는 놈의 면전에 엿을 날리는 것이 좋았다.

“당장 내가 너보고 꺼지라고 하면. 넌 어쩔래? 퓨어세인트는 네가 배신했다는 것을 알아. 그런 퓨어세인트가 널 다시 받아줄 리는? 없겠지. 내가 널 철저하게 배제한다면 너는 낙동강

오리알 신세란 말이야.”

“……그건 아니죠. 제가 역천자와 협력할 수도 있다는 가능성은 생각하지 않으십니까?”

“그럴 수도 있겠지. 그렇지만, 넌 안 그럴 거잖아.”

백현은 낄낄 웃으며 되물었다.

“역천자는 나처럼 너한테 꺼지라고는 하지 않겠지. 아마 기쁘게 널 받아줄 거야. 하지만……. 너도 알잖아. 넌 역천자를 통제할 수 없어.”

하이로드는 웃지 않았다.

“역천자뿐만이 아니야. 퓨어세인트도 그렇고, 나도 그렇지. 지금의 넌 누구도 통제할 수 없어. 당신은 바라는 대로 관측자가 된 거야. 아무 통제도 되지 않는 세상을, 넋 놓고 바라볼 수밖에 없다는 거지.”

“……하하.”

“너무 읽기 쉬운 웃음이야. 하이로드, 잘 생각해. 네가 왜 ‘굳이’ 날 택했느냐. 퓨어세인트를 배신하고, 역천자라는 차선책을 택하지 않고. 날 택한 이유는, 네게 있어서 내가 유일한 ‘답’이었기 때문이야.”

퓨어세인트는 마신을 끌어들였다.

역천자는 정말 뭘 벌일지 알 수 없는, 관측하고 싶지 않은 대상이다.

하지만 백현은.

"난 거짓말은 안 해. 내가 하고 싶은 것은 아주 심플하고, 거짓말을 할 일도 아니지. 나는 퓨어세인트를 죽일 거다. 그리고 역천자도 죽일 거야. 그 뒤에? 뭐, 찾을 수 있다면 혼돈의 근원을 찾아보지. 그걸 손에 넣는다면? 글쎄, 그다음에 뭘 할지는 모르겠는데. 난 '아마', 혼돈의 근원으로 아무것도 하지 않을 거야."

"아깝게."

악몽의 결정자가 중얼거렸다.

백현은 그 말에 큰 소리로 웃었다.

"어쩔 수 없잖아요? 난 그깟 것에 바라는 것이 아무것도 없는걸. 난 지금 세상을 꽤 좋아해요. 싸울 상대도 많고, 강한 적도 많고. 하지만 언젠가 지루해진다면."

백현은 하이로드를 지그시 쳐다보았다.

"더 많은 적이 있는 곳으로 가버릴까, 라는 생각이나……. 뭐, 아직은 먼일이지만. 어쨌든, 내 말은 이거지. 나는 굉장히."

제 입으로 말하기는 조금 민망하지만.

하지만 이외에 마땅한 단어가 생각나지 않았다.

"순수해."

풋, 하고 악몽의 결정자가 웃음을 터뜨렸다.

"내가 왜 이런 말을 하는지 알겠어?"

"……글쎄요. 잘 모르겠군요."

"알고 있으면서 모르는 척하지 마. 개지랄하지 말라는 거야."

순식간이었다.

확 하고 뻗은 손이 하이로드의 목을 붙잡았다. 하이로드는 동요하지 않고 백현의 눈을 쳐다보았다.

손에 잡히는 목이 가늘고 여리다. 열댓 살 어린아이의 목……. 살짝만 힘을 주어도 부러뜨릴 수 있고, 거기서 조금 더 힘을 준다면 압력만으로 머리를 터뜨릴 수도 있을 것이다.

"나한테 붙고 싶으면 깝치지 마."

백현의 눈이 얇아졌다.

숨기지 않는 살의가 쏘아진다. 하이로드의 몸이 부들거리며 떨렸다. 그의 정신이 아닌, 어리고 약한 몸뚱이가 포식자의 살기를 견디기 버거워했다.

"통제할 수 있다는 오산을 통째로 버려. 넌 세 가지 선택지 중 가장 '나은' 것을 택했어. 정답이야. 난 네가 깝치지만 않는다면 죽일 생각은 없어."

"……그건 '지금'의 육체에 하는 말입니까? 아니면 '나'에게 하는 말입니까?"

"둘 다."

백현은 이를 드러내며 웃었다.

"하이로드, 네게 말하고 있는 거야. 네가 관측자 놀이를 하고 싶다면 계속하게 해주지. 네가 주제도 모르고 깝치며 날 통제하려 들지 않는다면 말이야. 물론 네가 정말로 나라는 '줄'을 잡았을 때의 이야기지만."

백현은 하이로드의 목을 놓아주었다.

"네가 늑장을 부린 덕에 줄은 조금 멀어졌어."

하이로드는 방금 잡혔던 목을 어루만졌다.

신격을 향해 저런 폭언을 쏟아낼 '인간'이라니. 이 얼마나 오만한가.

하지만 하이로드는 백현의 언행을 도저히 '오만'으로 단정할 수가 없었다. 그는 이미……. 너무 성장해 버렸다.

"잡기 위해서는 더 해야지."

"뭘 말입니까?"

"똥꼬 쇼."

뭔지는 알아? 백현은 히죽 웃었다.

"여기 오기 전에 퓨어세인트와 있었지?"

"……그렇죠."

"퓨어세인트가 뭘 했지?"

"영화 얘기를 했습니다."

굴욕. 엘프였던 시절과 신격이 된 후를 통틀어, 이만한 굴욕은 없었다.

하지만 하이로드는 순순히 백현의 질문에 대답해 주었다.

그의 말대로다. 지금의 하이로드는 백현에게 기댈 수밖에 없었다.

백현과 역천자, 둘의 광기는 똑같이 순수하지만 하이로드에게 있어서 역천자의 광기는 도저히 받아들이고 관측할 수 없는 것이었다.

아무 줄도 잡지 못한다면?

그렇다면 최악이다. 퓨어세인트는 어떻게든 하이로드를 파멸로 몰아넣을 것이다.

"영화? 뭐야 그게, 뜬금없이."

"예. 확실히 뜬금없는 말이었죠. 저는 그쪽의 이야기를 잘 모릅니다만……. 당신은 알고 있습니까?"

"무슨 영화인지부터 말하고 묻지그래?"

"히어로 영화에 대한 이야기였습니다."

하이로드는 그때의 대화를 떠올리며 대답했다.

"히어로 영화?"

백현도 예전의 대화를 떠올렸다.

아라크네를 착안하며, 사라와 발렌시아, 비서와 했던 이야기.

각자 좋아하는 히어로에 대해 논쟁했을 때, 백현이 가장 좋아한다고 했던 건. 모두가 좋아하는 히어로들에게 처참하게 패배를 안겨주고 세상 절반을 죽여 버린 빌런 캐릭터였다.

하이로드가 퓨어세인트의 천국에서 그녀와 나눈 이야기에 대해 들려주었을 때. 백현의 반응도 하이로드와 크게 다르지는 않았다.

뭔 뜬금없는 히어로 영화?

그 퓨어세인트가 하는 일이니 뭔가 의미는 있을 테지만, 백현의 상식으로서는 퓨어세인트의 의도를 이해할 수가 없었다.

그 의중이 뭐든 간에, 퓨어세인트는 기껏 되살아난 사도를 다시 죽음으로 몰아넣은 것이다.

이번에도 다시 살아날 수 있을지는 모르겠지만, 드레이브가 '또' 죽게 될 것은 틀림없었다.

"음."

악몽의 결정자가 눈을 찡그렸다. 하이로드와 백현과는 다르게, 그녀는 퓨어세인트가 무엇을 노리는지 확실히 깨달았다.

그녀는 혀를 차면서 하이로드를 내려다보았다.

"너. 멍청하구나."

"……예?"

대뜸 지목된 매도에 하이로드가 눈을 끔벅거린다.

멍청하다니! 의중을 헤아릴 것도 없는 노골적인 말이다.

하이로드는 굳어가는 뺨에 억지로 미소를 지으며 되물었다.

"그게 갑자기 무슨 말입니까? 제가 왜……."

"퓨어세인트가 대놓고 말했는데도 알아듣지 못하고 있잖아."

"대체 뭘 대놓고 말했다는 겁니까? 그녀가 말한 건 제가 관심도 없는 히어로 영화뿐이었습니다."

"그게 무슨 의미였는지 아직도 모르는 주제에."

악몽의 결정자가 이죽거렸다.

그쯤 되니 하이로드도 더 이상 웃고만 있을 수는 없었다. 그는 노골적으로 언짢은 기색을 보이며 자세를 바꿔 앉았다.

"이런 말은 제 얼굴에 금칠하는 것 같아 하고 싶지 않지만, 제가 당신에게 멍청하다고 무시당할 정도의 신격은 아닙니다."

"암, 그러시겠지. 잘난 엘프족 선지자 나으리."

악몽의 결정자가 놀리듯 말했다.

"네 현명함이야 나도 여러 번 들었지. 엘프족의 현자. 네가 신격이 되고 난 후에도 엘프들은 널 위한 사당을 만들어 종족의 큰일에 대해 네게 의논을 했다지? 그래서 네가 멍청한 거야. 네 '앎'은 엘프라는 종족을 끝내 벗어나지 못했거든!"

악몽의 결정자는 그렇게 말하곤 낄낄거리며 웃었다.

그 비웃음에 하이로드의 얼굴이 벌겋게 달아올랐다.

하이로드의 관점에서는 도저히 알아먹지 못할 얘기였다. 지식이 엘프라는 종족을 벗어나지 못했다고? 그건 터무니없는 놀림이었다.

종족의 대도서관의 모든 책을 섭렵한 그는 어린 시절부터 엘프족의 빛나는 지성으로 꼽혔고, 그 현명함은 긴 세월 살아가는 엘프족의 규격을 넘어 그를 신격으로 만들었다.

"대부분의 종족들이 그러게 마련이지만, 엘프는 특히 편협

한 종족이지. 놈들은 타종족과 문화적 교류도 거의 나누지 않아 폐쇄적이며, 긴 수명의 대부분을 숲에서 노닥거리는 것으로 허비하는 멍청이들이야."

악몽의 결정자가 소파에서 훌쩍 뛰어내렸다.

그녀는 사뿐거리는 걸음새로 하이로드에게 다가가, 그의 가슴을 손가락으로 쿡쿡 찔렀다.

"그렇기에 너희는 타종족을, 아니, 인간을 몰라. 특히 너희에게 있어서 '신앙'이란 결코 이해할 수 없는 것이지. 너희 종족은 나고 자란 숲과 자연을 위하니까."

"……신앙을 모른다고? 웃기지 마십시오, 나는……."

"읽었지? 보았지? 하지만 겪지는 않았을걸. 네가 아는 신앙은 단순히 학습된 것일 뿐이지, 완전히 이해한 것은 아니야. 너만 해도 그렇지. 너는 엘프족의 위대한 현자로 신격이 되었지만, 네 종족은 널 신앙하지 않았어. 단순히 오래된, 현명한 '조언자'로 여겼을 뿐이잖아. 아, 그런 식이라면 내 놀림이 잘못되었네. 넌 멍청하지 않아. 멍청한 건 기껏 손에 넣고 태어난 오랜 수명을 욕망적으로 사용하지 않은 엘프들이지!"

악몽의 결정자의 목소리가 매서워졌다. 그 사나운 비난과 함께, 쿡 찌르는 손가락이 하이로드의 가슴팍을 밀쳤다.

하이로드는 비틀거리며 물러서다가 눈에 힘을 주고 악몽의 결정자를 노려보았다.

"아, 그렇습니까? 지금 당신이 저를 비난하는 이유가 고작 그런……."

"하이로드."

잠자코 듣고 있던 백현이 입을 열었다.

하이로드는 구겨진 미간을 펴지 않고 홱 하고 백현을 돌아보았다.

하지만 백현은 하이로드를 보고 있지 않았다. 그의 눈은 악몽의 결정자에게 고정되어 있었다.

"뭡니까? 당신 또한 퓨어세인트의 의중을 이해하지 못하는 것은 똑같……."

"입 닥쳐."

은유 따위 없는 직설적인 말에 하이로드의 입술이 빼끔거린다.

악몽의 결정자는 배를 잡고 웃으며 말했다.

"그래, 모르면 겸허히 닥치고 알아가야지, 어디서 자기 잘났다고 성질이야?"

"무슨 일이 일어나는 거죠?"

백현은 악몽의 결정자를 향해 물었다. 그러자 악몽의 결정자가 웃음을 뚝 멈췄다.

"아직 일어나진 않았어. 하지만 머지않아 일어나겠지."

"대체 무슨 일이 일어난다는 건지."

하이로드가 작은 소리로 이죽거렸다. 자청해 붙어먹기는 했지만, 이런 대우를 받게 되니 당연히 마음 편히 받아들여지지 않았다.

악몽의 결정자는 궁시렁거리는 하이로드를 향해 매서운 시선을 보내며 말했다.

"대놓고 들먹였는데도 못 알아 처먹다니. 퓨어세인트의 말대로야, 히어로 영화. 똑같다고. 지금 세상에서 드레이브는 히어로란 말이야."

"그 속 구린 놈이 뭔 히어로."

사라가 중얼거렸다.

하지만 악몽의 결정자는 고개를 저었다.

"놈의 낯짝이랑 진짜 태도가 어떻든 간에, 놈이 찍은 그 꼴사나운 영화는 세계적으로 히트했어. 게다가 대부분의 사람들이 '인식'하는 드레이브의 이미지를 봐. 기부 따위 선행도 많이 했고, 놈이 섬기는 퓨어세인트는 이미 하나의 종교가 되었지."

그리고 마룡왕.

"대다수의 사람들은 마룡왕이 누군지 몰라. 사실 알아도 달라질 것은 없지, 마룡왕이 신비경을 파멸시키고 용성군을 찢어 죽이는 것을 다들 봐버렸으니."

악몽의 결정자는 그렇게 말하고서, 아주 당연한 질문을 물었다.

"그런 마룡왕이 드레이브와 싸운다면. 사람들이 누구를 응원할 것 같아?"

물을 것도 없는 질문이었다. 당연히 사람들은 드레이브를 응원할 것이다.

"그게 뭐 어쨌다는 겁니까? 설마, 사람들의 응원을 받은 드레이브가 마룡왕을 쓰러뜨린다는 기적 같은 일이 일어나기라도 한단 말입니까?"

"물론 그런 일은 일어나지 않겠지. 하지만 기적은 일어날 거야."

"기적? 그런 말도 안 되는……."

"기적이라는 게 원래 그런 법이지. 드레이브는 마룡왕을 이길 수 없어. 하지만 드레이브가 마룡왕에게 죽어가는 모습을 보며, 사람들은……. 간절한 염원을 갖게 되는 거야. 그렇게 되면 기적은 일어날 수밖에 없지. 퓨어세인트가 열심히 작업을 해놓았으니까."

악몽의 결정자가 확신에 찬 목소리로 말하자, 하이로드도 더 이상 웃을 수 없었다.

잠깐의 침묵 뒤에, 하이로드는 떨리는 목소리로 물었다.

"……사람들의 염원이 퓨어세인트를 강신시킬 거란 말입니까?"

"그게 모두가 바라는 기적일 테니까. 마룡왕이 드레이브를 죽일 때, 사람들은 절망하면서도 간절히 신을 찾을 거야. 그 모든 염원이 퓨어세인트를 '진짜' 강신시키게 만드는 거지."

사도의 몸에 행하던 강신과는 다르다. 퓨어세인트의 바람대로 된다면, 그녀는 인과율의 제약 따위에 얽매이지 않고 완전한 격을 갖추고서 이 세상에 강신할 수 있을 것이다.

그것을 이해하자 하이로드의 얼굴이 하얗게 질렸다. 그는 더듬거리며 물었다.

"그걸 어떻게 막아야 합니까?"

"막아?"

"당연히 막아야 하지 않습니까! 우리는 성역을 나갈 수 없는 몸입니다. 그런 상황에서 퓨어세인트가 직접 강신해 버린다면……."

하이로드는 상상만으로도 끔찍하다는 듯이 몸서리를 쳤다. 그는 자신이 '할 수 있는', 퓨어세인트의 강신을 막을 방법을 떠올렸다.

"저와 계약한 헌터들에게 대규모의 마인드 컨트롤을 명령하겠습니다. 그리고, 미디어를 장악해서……."

"별 의미는 없을걸. 네가 수십억에 달하는 인간을 동시에 조율할 수 있을 것 같지도 않고. 오히려 강압적으로 통제하는 것이 '상황'을 멋지게 포장해 줄지도 몰라."

"예?"

"원래 영웅은 고난 속에서 빛을 발하는 법이지. 퓨어세인트는 네게 자신이 뭘 하려는지 숨길 생각이 없었어."

백현도 고개를 끄덕거렸다.

굳이 히어로 영화를 들먹여 가며 노골적으로 말했다. 퓨어세인트가 하이로드가 배신할 것마저 예상했는지는 모를 일이나, 그녀는 자신의 강신법에 대해 하이로드에게 숨기지 않았다.

"그렇다면 어떻게 해야 한단 말입니까? 아!"

답답함에 내뱉고서, 하이로드는 답을 찾았다는 듯이 밝은 얼굴이 되어 홱 하고 백현을 돌아보았다.

"하하! 어렵게 생각할 것이 없는 문제였군요. 요는 이거 아닙니까? 드레이브가 사람들의 앞에서 죽지 않으면 되는 겁니다. 지금 당장 당신이 가서 드레이브를, 아무도 모르는 곳에서 쳐 죽인다면……."

"저기."

백현은 흥분해서 내뱉는 하이로드를 향해 손을 뻗었다. 굳이 말로 하지는 않았어도, 하이로드는 그 제스처가 입 좀 닥치라는 뜻임을 알았다.

하이로드는 떨떠름한 얼굴로 입을 다물었다.

"뭔가 잊은 거 아니야?"

"……예?"

"퓨어세인트를 왜 막아야 하는데?"

백현은 이상하다는 표정을 지으며 하이로드에게 질문했다.

그 터무니없는 내용에 하이로드의 입술이 빼끔 열렸다.

"……그게 대체 무슨 말입니까?"

"아니, 잘 생각해 봐. 너 똑똑하다며. 왜 굳이 퓨어세인트를 막아야 하지?"

악몽의 결정자도 히죽히죽 웃으며 고개를 끄덕거렸다.

하이로드는 멍하니 입을 벌리고서 백현과 악몽의 결정자를 돌아보았다.

대체……. 이들은 뭔 말도 안 되는 소리를 하고 있는 건가? 퓨어세인트의 의중은 알았다. 그렇다면 당연히 막아야 하는 것 아닌가?

"막을 이유가 없어."

백현은 두 손을 들어 보이며 말했다.

"오히려 제발 퓨어세인트가 원하는 대로 이루어졌으면 할 정도지."

"아마 이뤄질 거야. 나는 솔직히 퓨어세인트한테 감탄했어. 종교 놀음을 하는 것은 그러려니 했는데, 영화까지 찍게 한 것은 정말 뻘짓인 줄 알았거든. 지금 와서 보면 이렇게 써먹으려고 찍게 한 것일 테지만."

"……크흠."

하이로드는 낮게 헛기침을 했다.

드레이브의 영화가 말도 안 되는 대흥행을 이룬 것은, 하이로드의 다양한 조력 덕분이었다.

당시의 하이로드는 퓨어세인트가 하다 하다 이제는 별 시답

잖은 부탁까지 한다고 생각했지만, 설마 그마저도 안배였을 줄이야.

"……왜 퓨어세인트의 목적이 이뤄지기를 바라는 겁니까?"

"제 발로 성역 밖으로 나와준다는데, 나올 수 없게 막을 이유가 있나?"

백현은 피식 웃으며 물었다.

그 말에 하이로드가 벌리고 있던 입이 천천히 닫혔다.

그는 자신이 너무 크게 동요하고 있음을 이해했다.

저 둘의 태도가 옳았다. 퓨어세인트의 계획이 성공한다면, 그녀는 성역을 나와 이 세상에 강신하게 된다.

다른 신격의 성역을 침범하는 것이 큰 부담이었던 지금 상황에서, 퓨어세인트가 알아서 나와준다면 그만한 '기회'는 없었다.

"……자신은 있습니까?"

하지만 모름지기 기회라는 것은 손에 쥐어야만 의미가 있는 것 아닌가.

하이로드는 냉정함을 되찾고서 물었다.

"강신에 성공한 퓨어세인트는 분명 성역 밖으로 나오게 될 겁니다. 하지만……. 밖으로 나온 퓨어세인트를 '죽일' 자신은 있습니까?"

백현은 빙긋 웃기만 했다.

하이로드는 계속해서 말했다.

"지금 상황에서 퓨어세인트가 '굳이' 이 패를 사용한다는 것은, 그녀에게 확고한 자신이 있기 때문일 겁니다. 퓨어세인트는 자신에게 적이 많다는 것을 압니다. 자신의 유일한 약점이라 할 수 있는, 저 아가씨까지 노출되었다는 것을 압니다. 신격 중에서 가장 강력한 마룡왕이 자신을 노리고 있다는 것도 압니다. 오히려 마룡왕을 이용해 강신을 꾀하고 있죠."

"응."

"그런데도 강행한다는 것은…… 퓨어세인트는 자신이 강신하는 것이 스스로에게 위협이 되지 않는다고 판단했기 때문인 겁니다."

하이로드는 꿀꺽 침을 삼켰다.

마룡왕은 끔찍할 정도로 강하다. 그녀는 신비경을 파멸시키고 용성군을 죽이는 것으로 자신의 압도적 힘을 과시했다.

솔직히, 하이로드는 퓨어세인트가 대체 무슨 자신감으로 강신을 꾀하는 것인지는 알 수가 없었다.

"……어쩌면 마신의 도움이 약속된 것일지도 모릅니다. 그런데도 자신이 있는 겁니까?"

"그건 해봐야 아는 거지."

백현은 대수롭지 않다는 표정을 지으며 대답했다.

그 느긋한 말에 하이로드의 낯빛이 어두워졌다.

"퓨어세인트만 문제인 것은 아니야."

악몽의 결정자가 말했다.

"역천자는 '이미' 성공했어. 놈의 신화술법은 성공했고, 이 정글에 성역들을 섞어놓았지. 하지만, 그게 전부야. 헌드레드도 이상하리만치 조용하고…… 놈이 허구 신앙의 주체로 삼은 월드이터는 어떻게 되었는지 아직 파악도 안 되고 있잖아."

퓨어세인트에만 초점을 맞출 수는 없었다.

성역 너머에서 역천자와 헌드레드가 또 무엇을 하고 있는지. 상황을 이리 만들면서 놈들이 대체 무엇을 얻는지.

어쩌면 단순한 난전 상황을 만들어 헌드레드를 키우려는 것일 수도 있겠다만.

백현은 자신을 향해 숨김없는 탐욕을 드러내던 헌드레드를 떠올렸다.

놈의 욕망은 순수하다 할 만한 것이겠지만, 놈의 순수함은 역천자의 것과 그 질이 다르다.

백현은 천천히 몸을 돌렸다.

"어디 가?"

악몽의 결정자가 고개를 갸웃거리며 물었다.

"머리 맞대고 궁리한다고 해서 답이 나와요?"

백현은 사라의 어깨를 토닥거리다가, 그녀를 지나쳤다.

"차라리 대놓고 물어보는 게 낫지."

그 무식한 대답에 하이로드의 입이 또 벌어졌다.

4장
허무맹랑한

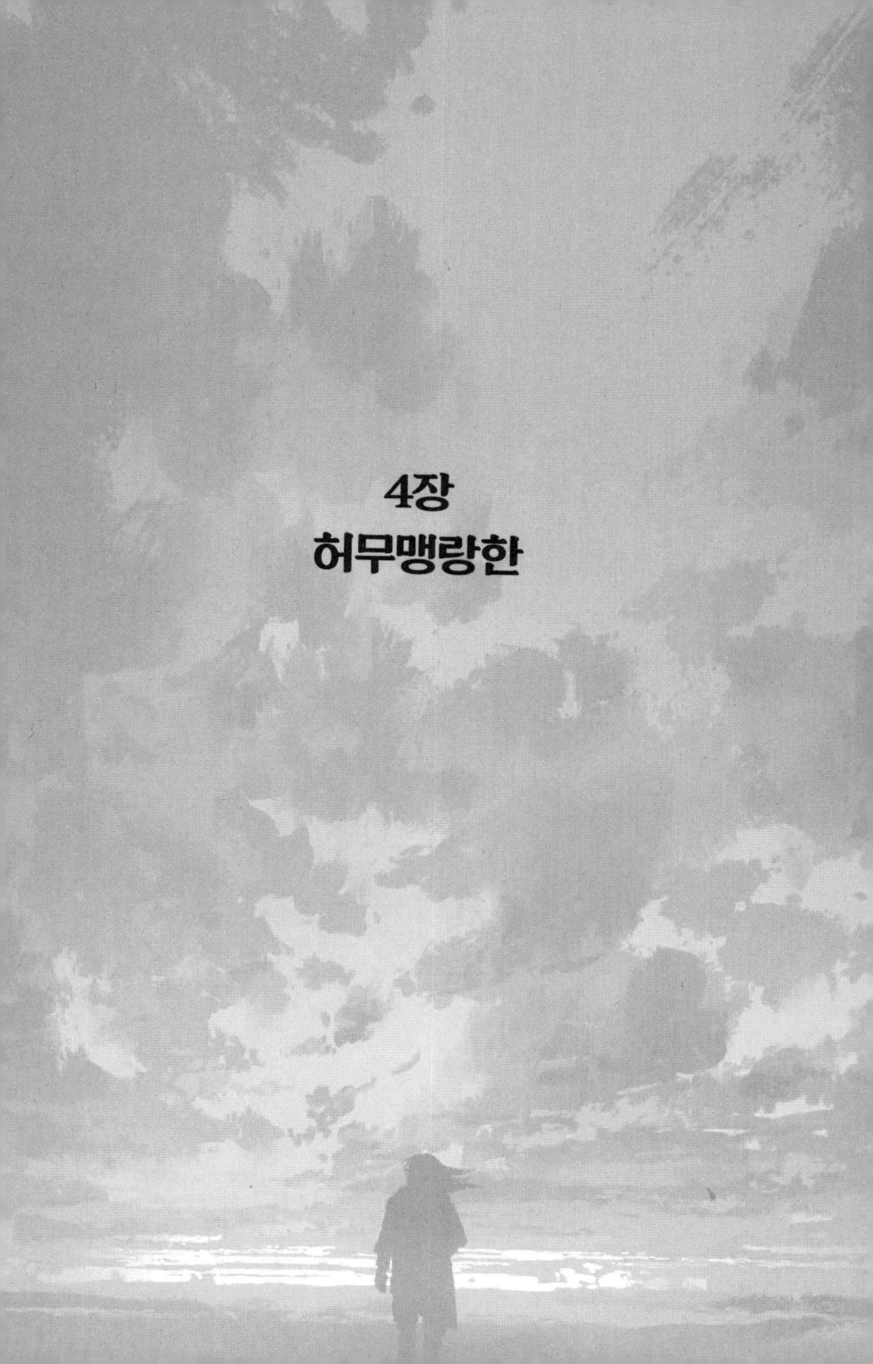

사라를 대동하지는 않았다.

비록 그녀가 제안한 내기였다고는 하지만, 결론적으로 사라의 뜻을 굽힌 것은 백현의 힘이었다.

납득은 해주었다지만 마음은 당연히 편하지는 않을 터이니, 사라에게는 시간이 필요했다.

판데믹을 나온 백현은 우선 걷기로 했다.

직접 물어본다.

머리 굴려 고민해 봐야 '앞으로' 어떻게 될지는 알 수 없다. 그렇다면 이 앞에 벌어질 일을 알 만한 존재에게 직접 물어볼 수밖에 없다.

퓨어세인트, 역천자.

결국 암중에서 상황을 주도하고 있는 것은 그 둘이다. 탐욕스러운 헌드레드도 아직은 역천자의 그늘에서 암약하고 있을 뿐이다.

퓨어세인트와 역천자에게 직접 캐묻는다 해서, 그들이 백현이 원하는 답을 들려주지는 않을 것이다.

'아니, 말해줄 것 같기도 한데.'

퓨어세인트는 몰라도, 역천자는 왠지 말해줄 것 같기도 했다. 시도해 봐서 나쁠 것은 없겠지만, 백현은 역천자의 성역인 팔괘각을 지나쳤다.

확신은 없었다. 하지만, 심증은 제법 있었다. 직접 만난 경험은 몇 번 되지 않았지만, 그 몇 번 안 되는 만남에서 보여주었던 행동을 보면, 어떤 식으로든 개입해 올 상황이 아닌가.

백현의 걸음은 어떤 성역 앞에서 멈추었다.

백현은 성역을 응시했다. 팔괘각은 아예 엿보는 것이 불가능했지만, 다른 성역들은 어느 정도 엿볼 수 있었다.

뚜렷이 보지는 못해도 그 너머에 거대한 신격들의 존재감은 확실히 느낄 수 있었다.

하지만, 이곳은 다르다. 위치엔드의 성역 '판도라'. 저 너머는 정말 아무것도 보이지 않는다.

볼 수 없는 것이 아니다. 저곳은 말 그대로 텅 비어 있었다.

백현은 잠시 판도라를 바라보다가 몸을 돌렸다. 그는 하나의 바람이 되어 그 지역을 벗어났다.

"올 줄 알았어요?"

백현은 높은 곳의 나뭇가지 중 하나를 골라 내려앉았다.

히죽 웃으며 말을 건 상대는 백현을 보지도 않았고, 놀란 기색도 없었다.

그녀는 무뚝뚝한 얼굴로 성역이 뒤섞인 장소를 노려보고만 있었다.

"어떨 것 같아요?"

리셀. 위치엔드가 대답했다.

백현은 어깨를 으쓱거렸다.

하이로드에게서 오라클을 빼앗은 신격. 마법을 익힌 신격들이 가장 경계한다는 매직헌터.

여태까지 위치엔드는 세 번 백현과 만났다.

천존이 세상으로 나왔을 때. 마룡왕이 라이 룽을 죽이려 할 때. 검무희가 제주도에 머무를 때.

"알았을 것 같은데. 놀라지도 않고."

그제야 위치엔드가 고개를 돌려 백현을 쳐다본다. 그녀는 미간을 찡그리며 백현을 노려보았다.

"고민 중이에요."

위치엔드가 입을 열었다.

"내가 개입해야 할지, 말아야 할지."

"굳이 여기까지 와서 날 만나고 있는 것을 보면, 이미 개입한 것 아니에요?"

백현은 피식 웃으며 물었고, 위치엔드는 천천히 고개를 끄덕거렸다.

그녀는 얇게 뜬 눈을 깜박거리며 말했다.

"오라클은 짜증 나는 권능이에요. 모든 미래를 보여주지도 않고, 남발할 수도 없죠. 볼 수 있는 것은 아주 많은 미래의 갈래 중 하나. 그것이 무조건 일어나는 것도 아니고."

위치엔드는 그렇게 중얼거리며 가지 위에 웅크리고 앉았다.

예전에 보았을 때도 다크서클은 진했지만, 지금의 그녀는 백현이 보았던 어느 때보다 피로해 보였다.

"이렇게 될 줄 몰랐다는 건 아니잖아요?"

"……그렇다고 이렇게 되는 걸 바랐던 것은 아니죠."

위치엔드는 유별난 신격이다.

그녀는 사도인 리셀과 거의 완벽하게 융화를 이루었다.

그것은 다른 신격들의 강신과는 판이하게 다르다. 판도라에는 위치엔드의 본신조차도 남아 있지 않았다.

백현은 위치엔드의 목적을 모른다. 하지만 분명한 것은, 그녀는 결코 '이 세상'이 어지럽혀지는 것을 바라지는 않는다는 것이다. 여태까지 그녀의 행동은 모두가 그것만을 추구하고 있었다.

"당신은 많을 걸 숨기고 있어요."

백현은 나뭇가지에 털썩 앉으며 말했다. 그 말에 위치엔드가 킬킬거리며 웃었다.

"그래서. 내 비밀을 알려달라고요? 무턱대고 찾아와서 요구하는 태도가 마음에 안 드는데."

"말하고 싶지 않다면 그것도 상관없지만. 그 덕에 일어날 일들은 당신의 바람에서는 굉장히 벗어날 것 같은데, 괜찮겠어요?"

"차라리 대놓고 협박을 하지? 내가 닥치고 있는다면 개판이 날 거라고."

위치엔드가 이죽거렸다.

백현은 낄낄 웃으면서 고개를 저었다.

"사람을 뭐로 보는 거예요? 난 그렇게 무례하지 않아요."

"네 화술은 짜증 나요. 어떤 새끼한테 배워먹은 건지, 예전에도 예의랑 친하지 않은 놈이었지만, 더 싸가지가 없어졌어."

백현은 명계에서 만난 아진을 떠올렸다.

그는 낮게 헛기침을 내뱉었다. 고작해야 보름 남짓한 시간이었는데, 아진에게는 많은 영향을 받았다.

"네 말대로, 나는 많은 비밀을 가지고 있어요. 누구도 알지 못하는 비밀. 내 신격을 바치는 것으로 숨겨 버린 비밀이죠."

위치엔드는 그렇게 중얼거리면서 백현을 빤히 보았다.

"네 눈은 아주 밝죠? 검무희와 비슷한 눈. 그 눈으로 보는 나는, 어때요? 난 신격인가요, 인간인가요?"

"인간의 탈을 쓴 신격."

"검무희도 날 제대로 꿰뚫어 보지 못했지. 그야 당연한 거야, 그 밝은 눈이라고 해서 세상의 모든 이치를 꿰뚫어 보는 것은 아니거든."

위치엔드가 킬킬거리며 웃었다. 심안을 속였다는 자부심보다는 허무함이 짙게 깔린 웃음이었다.

"하긴, 이성적으로 생각하면 난 그런 존재죠. 아주 대단한 강신술로, 사도의 몸에 신격을 강신시켜 몇 년 동안이나 유지해 온. 틀렸어요, 나는 신격이 아니에요. 신격에 가까운 사도일 뿐이지."

백현은 눈을 깜박거리며 위치엔드를 쳐다보았다.

심안은 정확히 위치엔드를 보고 있었고, 백현이 내린 결론은 바뀌지 않는다. 그녀는 인간의 탈을 쓴 신격이었다.

"난 리셀이에요."

리셀이 말했다.

"위치엔드의 복제된 자아와 모든 권능을 받기는 했지만. 난 인간이에요. 강신? 하하, 그렇게 생각되도록 많은 공을 들였죠."

"거짓말."

"내가 이제 와서 거짓말을 할 이유가 있나요? 그보다 거짓말이라고 생각하는 근거는 뭐죠?"

"판도라에 당신의 본신이 없었으니까."

"오, 그게 내 말을 무조건 거짓말이라 치부하는 근거라고? 사실 말도 안 되는 일이지, 외차원을 벗어날 수 없는 신격이, 어떻게 성역을 떠나 완전히 사도에게 강신할 수 있겠어요?"

리셀이 낄낄거리며 웃었다.

"성역에 내 본신이 없는 이유? 간단해요, 내 본신은 거의 소멸했거든요."

"……말도 안 되는 소리. 소멸했다면 성역이 남아 있을 리가……."

"거의 소멸했다고 말했잖아요."

리셀이 다시 웃었다.

"지금도 마찬가지죠. 내 신격은 계속해서 붕괴해 가고 있어요. 아주 빠르게. 내가 자초한 일이고, 나는 그것에 후회하지 않아요. 이런 일이 벌어지지만 않았어도……. 나는 후회 없이 소멸할 수 있었겠죠."

그렇게 말한다는 것은, 후회가 남았다는 것이다.

"당신이 숨기는 게 뭐죠?"

"혼돈의 근원."

리셀이 웃으며 대답했다.

그 말에 백현의 눈이 커졌다. 설마 이런 말을 듣게 될 것이라고는 생각지도 못했다.

그가 위치엔드에게 원했던 것은 오라클을 통한 미래의 정보였지, 혼돈의 근원에 대한 것은 아니었다.

"놀라워 하는 것은 이해하지만. 난 말이에요, 네가 원하는 것을 무조건 해줄 수는 없어요."

"왜?"

"정말 싸가지가 없어졌다니까, 누가 보면 나한테 뭐라도 맡겨놓은 줄 알겠어."

리셀이 투덜거렸다.

백현은 다시 헛기침을 하면서 머리를 붕붕 흔들었다.

아진과의 만나 좋은 영향도 받았지만, 인성적으로 나쁜 영향도 너무 많이 받아버렸다.

"아니, 그건 죄송한데. 그렇게 칼처럼 잘라 말씀하시니……."

"우선 착각부터 그만둬 줄래요? 난 안 해주는 게 아니라, 못 해주는 거예요."

리셀이 손을 들어 백현을 가리키며 내뱉었다.

"말했잖아요? 난 소멸해 가고 있다고. 내가 멀쩡한 몸이었으면, 왜 굳이 숨어가며 돌아다녔겠어요?"

"……귀찮은 걸 싫어해서?"

"흠, 그것도 틀린 말은 아니죠. 하지만, 그걸 떠나서 못하는 것은 사실이에요. 오라클은 관측하는 미래의 인과가 복잡하고 변칙성이 클수록 오차와 부담도 함께 커져요. 소멸해 가는 나로서는 그 부담을 감당할 수 없다고요."

그보다. 리셀이 내뱉었다.

"넌 내가 혼돈의 근원을 숨기고 있다는 게, 그냥 놀라운 게 전부인가 보죠? 막 탐이 나고 그렇지 않아요? 다른 놈들이면 날 족치려 들면서 행방을 찾으려 들 텐데."

"나야 뭐…… 그걸 무조건 필요로 하는 입장이 아니라서."

"그래서 내가 피하지 않고 널 만나기로 한 거예요."

백현이 대답하자, 리셀이 기다렸다는 듯이 말했다.

"넌 네가 추구하는 것에 따라 굉장히 탐욕적이고 광적이지만, 혼돈의 근원은 네 탐욕과는 굉장히 거리가 멀죠. 소멸해 가는 나로서는 부담과 적의 없이 도움을 청할 수 있는 상대에요."

"도움?"

"왜요, 너만 도와달라고 할 줄 알았어요?"

리셀이 코웃음을 쳤다.

"곤란한 건 나도 마찬가지라고요. 기껏 쌓아 올린 신격을 모조리 바쳐가면서 자기만족적인 희생을 선택했는데, 그게 죽 쓰게 생겼잖아."

그 말에, 설마 싶은 생각이 들었다.

"왜 그런 거죠?"

백현은 이해할 수 없어 그렇게 질문했다.

두서없는 질문이었지만 리셀은 그 뜻을 이해했다. 그녀는 피식 웃었다.

"다들 착각이나 하고 있었거든요."

대부분의 신격이 그렇다.

그들은 혼돈의 근원을 찾아 어비스에 들어왔다. 그것이, 신격이 되고서도 이룰 수 없는 비원을 이뤄줄 것이라 믿으면서. 생각해 보면 터무니없는 비약이다.

누구 하나 혼돈의 근원이 그렇게 해줄 것이라고 말하지 않았다. 그 허무맹랑한 비약은, 어비스로 발을 향한 신격들의 간절함이 투영된 것일 뿐이다.

"그건 신격의 비원을 이뤄줄, 만능의 요술 램프 따위가 아니에요. 단순히 파괴적인 힘일 뿐이지. 그건 접촉해 지배할 수 있는 것도, 손에 넣을 수 있는 것도 아니었어요."

그건 많은 신격이 제 몸으로 증명해 냈다. 그 강력한 마룡왕조차도, 혼돈의 폭풍에 직격하여 신격을 박탈당했다. 흑장미여왕 또한 잠시 접촉한 것만으로 아직까지도 죽어가고 있었다.

"난, 오라클을 손에 넣은 시점에서부터 다른 신격들보다 압도적으로 우월했어요. 그런 내가 혼돈의 근원을 가장 빨리 찾아내는 것은 당연한 거죠."

물론 쉽지는 않았다. 방대한 어비스를 활보하며 몇 번이나 미래를 관측했다. 끝없이 수정해 나가면서 혼돈의 근원을 찾았다. 그렇게까지 한 이유는.

솔직히 지금 와서는 의미도 없지만.

"난 이 세상이 마음에 들었어요."

리셀은 고개를 들어 하늘을 보았다.

"검무희가 이 세상을 좋아한 것과 크게 다르지 않은 이유였죠. 사실 대부분의 신격이 그럴 거예요. 우리는 많은 제한을 가진 존재고, 누렸던 자유를 거대해진 격의 대가로 잃어버렸죠. 난 오래 살았고……. 별 미련도 없었어요. 그런데 말이야, 다들 그렇잖아요? 미련이 없어 죽어야겠다 싶으면서도, 막상 죽으려고 하면 망설여져."

몇 번이나 손목에 칼을 가져가면서도 끝내 베지 못하는 것처럼.

"기왕 죽을 거면 미련 없이, 나름의 의미를 갖고 죽고 싶었죠. 그리고 죽기 전에 재미도 좀 보고. 어비스에 왔던 건 그런 이유였고, 재미는 많이 봤어요. 다른 신격들과 싸우기도 했고, 하이로드의 오라클도 빼앗고, 놈들이 벌이는 수작질도 일부나마 감상했죠."

하지만 미련은 사라지지 않았다.

"난 신격으로서의 삶에 질려 죽고 싶었고, 내 죽음에 확실한 의미를 두고 싶었어요. 그래서 자기만족적인 희생이라고 한 거예요. 마침 이 세상이 마음에 들기도 했고."

질렸다. 지긋지긋했다. 어비스에서 신격들과 투덕거리는 것에도, 신격으로서 너무 오래 살았던 것도.

"리셀은 내 뜻을 이해했고, 나를 존중했어요. 존재적으로도 가장 잘 맞았고, 이 정도라면 나도 함께할 수 있겠다 싶었어요."

자아를 복제해 리셀에게 이입했다. 리셀은 거절하지 않았다. 그 계약의 대가로 리셀이 원했던 보상은 위치엔드에게도 만족스러웠다.

"리셀은 혼돈의 근원을 소멸시켜 주기를 원했어요."

혼돈의 근원을 소멸시키면 어비스도 사라진다.

'그때'는 그럴 것이라고 생각했다.

"하지만 막상 발견해 보니, 하하. 나조차도 착각하고 있었던 거예요. 혼돈의 근원? 그건 그냥 거대한 힘일 뿐이지, 이게 사라진다고 해서 어비스가 통째로 소멸할 일은 없어요. 널 낳은 네 엄마가 죽는다고 네가 같이 소멸할 리는 없잖아요?"

"……저기."

"아, 미안해요. 예시가 틀리지는 않았는데, 너한테는 좀 그런 예시였네요. 네가 고아라는 것은 나도 알아요."

리셀이 손을 휘휘 저으며 말했다.

백현은 조금 불편한 기분이 되어 앉은 자세를 바꾸었다.

"뭐, 그랬던 거죠. 하지만 어쩌겠어요? 내버려 둘 바에는 일단 소멸시키는 것이 답이지. 혼돈의 근원을 소멸시킨다면, 적어도 어비스가 안정되기는 할 테니까요. 그렇게 된다면 신격들도 어비스를 떠날 수 있게 될 거고, 혼돈의 근원이라는 목적이 사라졌으니 다들 본래 세상으로 돌아가겠죠. 안정되었으니 몬스터가 튀어나올 일도 없을 테고. 뭐 그래도 어비스는 남겠지만, 그것까지는 내가 관여할 수는 없는 일이잖아요? 그래서 난, 혼돈의 근원을 내 성역으로 옮겨와서- 내 신격과 상쇄시키며, 함께 소멸시키기로 했어요."

아주 천천히.

"퓨어세인트에게는 고맙다고 생각해요."

갑작스러운 접촉으로 한 번 폭주한 덕이었다. 아주 섬세하게, 공을 들여서……. 위치엔드는 자신을 제물로 바쳐 혼돈의 근원을 소멸시켜 갔다.

"……결국 당신은 죽는 거잖아요? 그거로 만족할 수 있어요?"

"그렇게 끝났다면 만족할 수 있었겠죠. 그리고, 엄밀히 말해서 '나'는 죽는 것이 아니에요."

위치엔드 본인이 소멸한다고 해도, 복제된 자아는 리셀과 함께 살아간다.

그것이야말로 위치엔드가 바라는 바였다. 신격으로서의 삶을 떠나, 리셀과 함께 나름대로 자유롭게 사는 것.

"혼돈의 근원은 거의 소멸되었어요. 나도 마찬가지고. 얼마 지나지 않아서, 나는- 누리던 권능을 상실하고, 리셀의 자아의 일부가 되어 살게 될 거예요."

위치엔드에게서 비롯된 권능이다. 그녀가 소멸한다면 권능도 함께 소멸한다. 하지만 주입한 자아는 남는다.

"평범하게, 귀찮은 일 없이. 그렇게……. 살 수 있었을 텐데."

리셀이 눈을 찡그렸다.

"공들인 작업은 성공했어요. 난 실패하지 않았어요. 다만, 상황이 엿 같아졌을 뿐."

세상이 이렇게 되면서.

"기껏 혼돈의 근원을 소멸시켜 가고 있는데. 인위적으로 혼돈이 폭주하고."

성역들이 뒤섞이고.

"역천자 그 ×발 놈은 새로운 혼돈의 근원을 만들어 버렸죠."

내뱉는 말은 분노와 경멸로 가득 차 있었다.

리셀은 생각만으로 짜증이 치솟는다는 듯이 머리채를 쥐어뜯었다. 리셀의 지저분한 산발 머리는 빗질을 안 해서라기보다는 저렇게 쥐어뜯어 댄 결과물이었던 모양이다.

"혼돈의 근원을 새로 만들었다?"

그렇게 묻는 백현의 얼굴은 오히려 평온했다.

제법 놀란 것은 사실이지만 경악할 만한 것도 아니었다. 성역 전체를 세상에 뒤섞은 놈이다. 그만한 일을 벌인 놈인데 혼돈의 근원을 새로 만들어냈다는 것은 더 놀랄 거리도 되지 않았다.

"그럼 어떻게 되는 거죠?"

담담한 말투로 묻는 백현을 보며 되레 리셀이 눈을 끔벅거렸다.

그녀는 잠시 백현을 응시하다가, 표정을 가다듬고 말했다.

"……그건 나도 모르죠. 오라클로 관측할 수 없었으니까요."

"그걸 언제부터 알았어요?"

"최근에. 그게 내가 할 수 있는 마지막 관측이었죠."

리셀은 천천히 손을 들어 올렸다.

화아악!

공간이 일렁거리면서 풍경이 바뀐다. 백현은 천천히 주변을 둘러보았다.

여긴 어디일까.

아마 이곳일 것이다. 군데군데, 정글의 흔적들이 보였다. 하지만 더 이상 정글이라 할 만한 광경은 아니었다. 뒤집힌 대지 곳곳에 박살 난 나무들이 파묻혀 있었다.

호흡을 해본다. 공기는 탁하면서도 익숙했다. 어비스, 그중에서 특히나 혼돈이 진한 곳…….

백현은 우둘투둘 소름이 돋은 피부를 내려 보았다.

지금의 광경은 당장의 현실이 아니지만, 오라클로 관측한 마지막 미래의 모습이었다. 공기마저 재현되어 지독히도 현실적이다.

백현은 고개를 들어 하늘을 보았다.

하늘은 얼룩져 있었다. 구름 한 점 없는 맑은 하늘에 시커먼 얼룩이 오레오처럼 뒤섞였다.

그리고, 커다란 구멍이 나 있었다.

백현은 뻥 뚫린 하늘의 구멍을 올려 보았다.

오오오오-

세상 전체를 진동시키는 끔찍한 울음소리와 함께, 무언가가 천천히 내려오고 있었다.

그건 흉측한 괴물의 모습을 하고 있었다. 아주 거대한……. 그런 괴물이었다.

놈은 천천히 아래로 내려오며 입을 벌렸다.

백현은 고개를 돌렸다.

처참한 폐허. 혼돈이 가득한 세상. 떨어지는 괴물. 그 외에 아무것도 보이지 않는다.

"난 어디 있어요?"

백현은 우선 그것을 물어보았다.

"다른 사람들은?"

차라리 시체라도 보였다면 마음이라도 편할까 싶은데. 그마저도 보이지 않는다. 아무것도 없는 폐허라는 것이 영 꺼림칙했다.

"몰라요."

리셀이 대답했다.

만들어진 풍경들이 사라져 간다. 리셀은 앉았던 몸을 일으키며 손을 휘저었다.

되돌아온 세계에서 리셀은 팔짱을 꼈다.

"내가 관측할 수 있었던 건 이게 전부예요. 그 시점의 과거나, 조금 앞의 미래도 볼 수 없었죠."

"내가 죽었는지 살았는지도 모른다는 거네요."

"어쩌면 죽었을 수도 있고. 어쩌면 어딘가에서 살아 있을지도 모르죠. 아니면……. 아예 관측에서 벗어났을 수도 있고. 인과율과 미래의 변동이 너무 커요. 그나마 '확실한' 것은 저 괴물이 강림한다는 것뿐. 그게 어떤 상황에서 강림할지는 알 수 없어요."

모두가 죽은 뒤에 강림하는 걸 수도 있다. 아니면 모두가 살아남아 저 괴물과 맞서 싸우는 것일 수도 있다.

백현은 피식 웃었다.

"저게 역천자가 새로이 만들었다는 혼돈의 근원인가요?"

"기존의 혼돈의 근원과는 아주 달라서 더 짜증 나요. 통제되지 않는 힘을 애초부터 그릇에 담아서 새로 만든 거예요."

그릇이라.

지금으로서 생각할 수 있는 것은 월드이터뿐이었다. 백현은 엉덩이를 툭툭 털며 일어섰다.

백현은 방금 보았던 하늘을 다시 한번 올려 보았다.

지금의 하늘은 여전히 맑기만 했다. 거기서 호흡. 공기는 맑지 않았다. 이곳에도 혼돈이 섞여 있었다.

"저게 강림한다면, 리셀 님의 바람은 이뤄지지 않는 거죠?"

신격을 떠나서, 복제된 자아만 남아 사도와 함께 인간으로 사는 것. 백현으로서는 그리 이해가 가지 않는 바람이었다.

복제된 자아라지만 결국 진짜가 아닌 복제품. 그것으로 만족한다는 것도 이해가 되지 않고, 신격으로서의 삶을 포기하고 소멸해 인간으로 살겠다는 것도 이해가 안 되는 것은 마찬가지였다.

"그렇죠. 강림한 저것이 무슨 일을 할지는 모르겠지만, 저만한 것이 강림해서 얌전히 있어줄 리가 없잖아요."

"그럼 막아야 할 텐데. 리셀 님은 그럴 능력이 없으시고."

"지금 누구 약 올려요?"

"아뇨, 아뇨. 그런 뜻으로 한 말이 아니라. 냉정히 말해서 사실인 거잖아요."

백현은 손사래를 치며 말했다.

리셀은 얇게 뜬 눈으로 백현을 쏘아보다가, 입맛을 다시며 고개를 끄덕거렸다.

위치엔드가 신격으로서 전성기였던 시절이라 해도 저만한 괴물을 감당할 수는 없다.

그럼 잘됐네요. 백현은 활짝 웃으며 말했다.

"제가 막아줄게요."

그 당당한 말에 리셀의 입술이 반쯤 벌어졌다.

곧 그 표정은 떨떠름하게 변했다.

"……네가 도움이 될 거라 생각해서 이런 이야기를 하고 있기는 하지만. 아무리 그래도 네가 대놓고 막아준다고 하니까 영 믿음이……."

"그럼 하지 말까요? 그냥 도망쳐?"

"어디로 도망친다고, 세상이 망할지도 모르는 일인데."

"나한테 더 뭘 바라는 거예요?"

리셀이 백현을 쏘아보며 내뱉었다.

"난 더 이상 오라클을 쓸 수도 없고, 그 외의 권능으로 당신을 도울 수도 없어요. 아, 설마 오라클을 하이로드에게 다시 돌려주라는 것은 아니겠죠?"

"그건 나도 싫어요."

하이로드에게 오라클이 되돌아간다면, 저 너머의 미래를 관측할 수도 있을 것이다.

하지만 그건 위험 부담이 너무 크다. 필요에 의해 배신한 하이로드는 완전히 믿을 수 없다. 그가 오라클을 돌려받고, 관측한 미래를 속여 백현의 행동을 입맛에 맞게 의도할 가능성은 다분히 넘친다.

그럴 바에는 미래의 관측을 포기하는 편이 낫다. 애당초 백현은 변수투성이의 미래를 신뢰하고 싶지 않았다.

보아버린다면, 결국은 신경 쓰게 되는 것이 사람의 심리다.

그렇다면 아예 모르는 편이 낫다.

"성역 안으로 들여보내 줘요."

백현은 웃으며 말했다.

리셀의 눈이 휘둥그레 떠졌다.

"……내 성역? 판도라에?"

"네."

"가서 뭐 하게? 거기는 아무것도 없어요. 널 도와줄 만한 신물 같은 것도 남아 있지 않아요."

"에이, 그런 걸 원해서 들여보내 달라는 게 아니에요. 그냥 좀 보고 싶은 거지."

떨떠름한 눈으로 백현을 보던 리셀은, 더 이상 말하지 않았다. 그냥 폴짝하고 나무 아래로 뛰어내렸다.

백현의 모습이 사라졌다. 그는 리셀의 추락 지점에 나타나 손을 뻗었다. 부드럽게 뻗어 나간 힘이 리셀의 몸을 받쳐주었다.

"이제 와서 이런 매너를 보인다고 네 싸가지가 없어질 것 같아요?"

"약해져 있다고 하셔서."

"흥, 이 정도 높이의 추락도 감당하지 못할 만큼 약해진 것은 아니에요."

땅에 내려온 리셀은 코웃음을 치며 구겨진 옷을 두드렸다. 하지만. 리셀은 고개를 돌려 백현을 쳐다보았다.

"기왕 에스코트 받은 것, 더 받아도 되겠죠? 나 좀 업고 가요."

"그렇다고 다른 신격들의 눈을 속일 수 있는 건 아닐 텐데?"

"내 약해진 모습을 보이기 싫은 게 아니라, 걷기 싫은 거예요. 이제 와서 숨길 것도 없지, 근원은 이미 소멸 직전이니까."

백현은 피식 웃으며 리셀을 등에 업어주었다.

"이랴!"

백현의 머리채를 고삐마냥 붙잡은 리셀이 외쳤다.

백현은 원래의 판도라가 어떤 모습이었는지 모른다. 하지만 지금의 판도라는, 아무것도 없었다.

백현이 직접 들어가 보았던 어느 성역과도 다르다. 소멸이 임박했다기에 로즈덤과 같은 풍경일 것이라 생각했는데, 그와도 판이하게 달랐다.

이곳은 정말 아무것도 없었다.

"불필요한 것은 처음에 싹 다 지워 버렸으니까요."

리셀은 백현의 등에서 내려와서 말했다. 그녀는 굽히고 있던 등을 쭉 펴며 투덜거렸다.

"너, 승차감이 별로예요."

"말이 아니니까요."

"그래도 걷는 것보다는 빨랐지만."

리셀이 앞장서서 걸었다.

어디로 가느냐는 물을 필요가 없었다. 목적지는 이곳에 들어온 순간부터 보이고 있었다.

"난 아직 네 목적을 모르겠어요."

그건 멀지 않은 곳에 있었다. 위치엔드의 소멸과 함께 성역은 본래의 위상을 찾아볼 수 없을 만큼 쪼그라들었고, 소멸 직전이라 해도 포악하고 알 수 없는 '힘'은 확실히 보이고 있다.

"넌 혼돈의 근원을 보고 싶었던 것뿐인가요?"

성역으로 들여보내 달라고 했을 때부터 예상했다. 이 성역에서 볼만한 것은 소멸 직전인 혼돈의 근원뿐이다.

백현은 새하얀 세계의 정중앙에서 꿈틀거리는 어둠을 보았다.

그건 확실히, '작았다'.

몇 개의 신격들을 소멸시키고, 어비스의 근원이라던 혼돈의 근원은 이제 와서는 생각했던 것보다 훨씬 작았다.

"보는 것이 전부였다면 여기서 멈춰요. 지금이라면 보는 것만으로 끝날 수 있으니까."

"보고만 싶었다면 그렇겠죠."

"넌 자살하고 싶은 건가요?"

리셀의 걸음이 멈추었다.

"아니면 날 곤란하게 하고 싶은 건가요? 저건 내가, 날 희생시키면서 소멸시키고 있던 거예요. 괜히 접촉해서 다시 폭주하게 두고 싶지는 않아요."

"그런 일은 없을 거예요."

"네가 뭔데 그걸 확신하죠? 저건 신격들도 감당하지 못하는 힘이에요. 네가 대단하다는 것은 알지만 안 되는 건 안 되는 법이죠."

"그렇게 말하는 것보다, 힘으로 못하게 하는 편이 빠르지 않을까요. 당신이 뭐라 말하든 간에 나는 보고만 있을 생각은 없어요."

"얼씨구, 날 우습게 보는 것도 정도가 있지. 아무리 내가 소멸해 가고 있다지만, 내 성역에서 너 하나 쫓아내지 못할 것 같아요? 그래, 죽이진 못하겠지만 널 추방할 수는 있……."

코웃음을 치며 말하던 리셀의 웃음이 뚝 멈추었다.

그녀는 홱 하고 고개를 돌려 혼돈의 근원을 쳐다보았다. 소멸해 가는 중에도 몇 번이나 난폭하게 꿈틀거리던 그 힘이. 지금은 이상하리만치 고요했다.

리셀은 믿을 수 없다는 눈으로 혼돈의 근원을 응시했다. 일렁거리던 혼돈의 근원은 완전히 안정되어 하나의 커다란 점으로 고정되어 있었다.

"재는 내가 좋은 모양인데요?"

백현은 피식 웃으며 말했다.

리셀은 입술을 삐끔거리며 백현과 혼돈의 근원을 번갈아 쳐다보았다.

"네가……. 혼돈의 사도일지도 모른다는 건……. 알지만. 그렇다고 저걸 어떻게? 저건 그냥 난폭한 힘일 뿐인데……."

"당신도 완전히 저 힘을 이해한 것은 아니잖아요."

백현은 멈췄던 걸음을 다시 했다.

그의 걸음이 다가갈수록, 혼돈의 근원이 천천히 꿈틀거린다. 하지만 그건 무분별한 폭주의 징조는 아니었다.

저 힘에 자아 따위는 없을 터이나. 리셀은 혼돈의 근원이 백현을 반기는 것처럼 느꼈다.

"이해? 저걸 이해한 존재가 누가 있겠어요? 설마 당신이 이해했다는 것은 아니겠죠?"

"내가 뭐라고 저걸 이해했겠어요?"

백현은 걸음을 멈추었다.

바로 앞에서 꿈틀거리는 혼돈의 근원을 향해, 백현의 손이 뻗어졌다.

"지금부터 이해해 봐야죠."

"잠깐, 무식한 접촉은 하지 말……."

"괜찮을 거예요."

아마도.

그 불확실한 말은 굳이 덧붙이지 않았다.

무턱대고 손을 뻗는 것은 아니었다. 확신이라 할 만한 것은 아니지만, 백현은 어느 정도의 믿음은 가지고 있었다.

뻗은 손이 혼돈의 근원과 닿는다.

백현은 심안을 통해 주의 깊게 혼돈의 근원이 만들어내는 흐름을 보았다.

그건 난폭하기는 했으나 결코 불온하다 할 것은 아니었다. 저 난폭함은, 굳이 말하자면 격렬한 환영처럼 느껴졌다.

당황해 백현을 말리려던 리셀의 움직임이 멈추었다.

백현의 손이 혼돈의 근원과 닿았다.

그건 뜨겁지도, 차갑지도 않았다. 확실히 닿았음에도 닿았다는 느낌은 없었다.

난폭한 흐름만이 쫙 열려 백현을 흐름의 일부로 휘감았다.

[……가 눈을 뜹니다.]

제법 오랜만에, 머릿속에서 그런 소리가 들렸다.

조금 더.

백현은 한 걸음 앞으로 나아갔다.

흐름과 함께, 혼돈 자체가 백현의 몸을 집어삼켰다.

[심연의 왕좌가 당신을 바라봅니다.]

제대로 들리지 않았던 이름이 지금은 확실하게 들려왔다.

백현은 고개를 들어 앞을 보았다. 그는 혼돈의 중심에 있었고, 이곳은 무척이나 고요했다.

백현은 아직 뻗고 있는 손을 힐긋 보았다.

혼돈의 근원과 접촉했던 그의 손은 그 안에서도 무엇과도 닿아 있지 않았다. 하지만 백현은 앞으로 걸어나가면서 손가락을 쥐었다.

"설마 지금도 자격이 부족하다고 하지는 않겠지?"

백현은 그렇게 중얼거리면서, 아무것도 잡지 않은 손을 잡아끌었다.

쉬리리릭!

흐름이 요동치며 공간이 열렸다. 천천히 잡아끄는 손은 그 무엇도 잡고 있지 않았으나, 백현은 확실한 '감촉'과 '무게'를 느꼈다.

백현의 팔에 보다 힘이 들어갔다.

우지지직!

비틀어 연 공간에서 희끄무레한 형체가, 백현의 손에 잡혀 끌려 나왔다.

[심연의 왕좌가 당신을……]

"직접 말해 짜샤."

백현은 표정을 팍 찡그리며 투덜거렸다.

바닥에 주저앉은 심연의 왕좌가 고개를 들었다.

5장
방해된다면

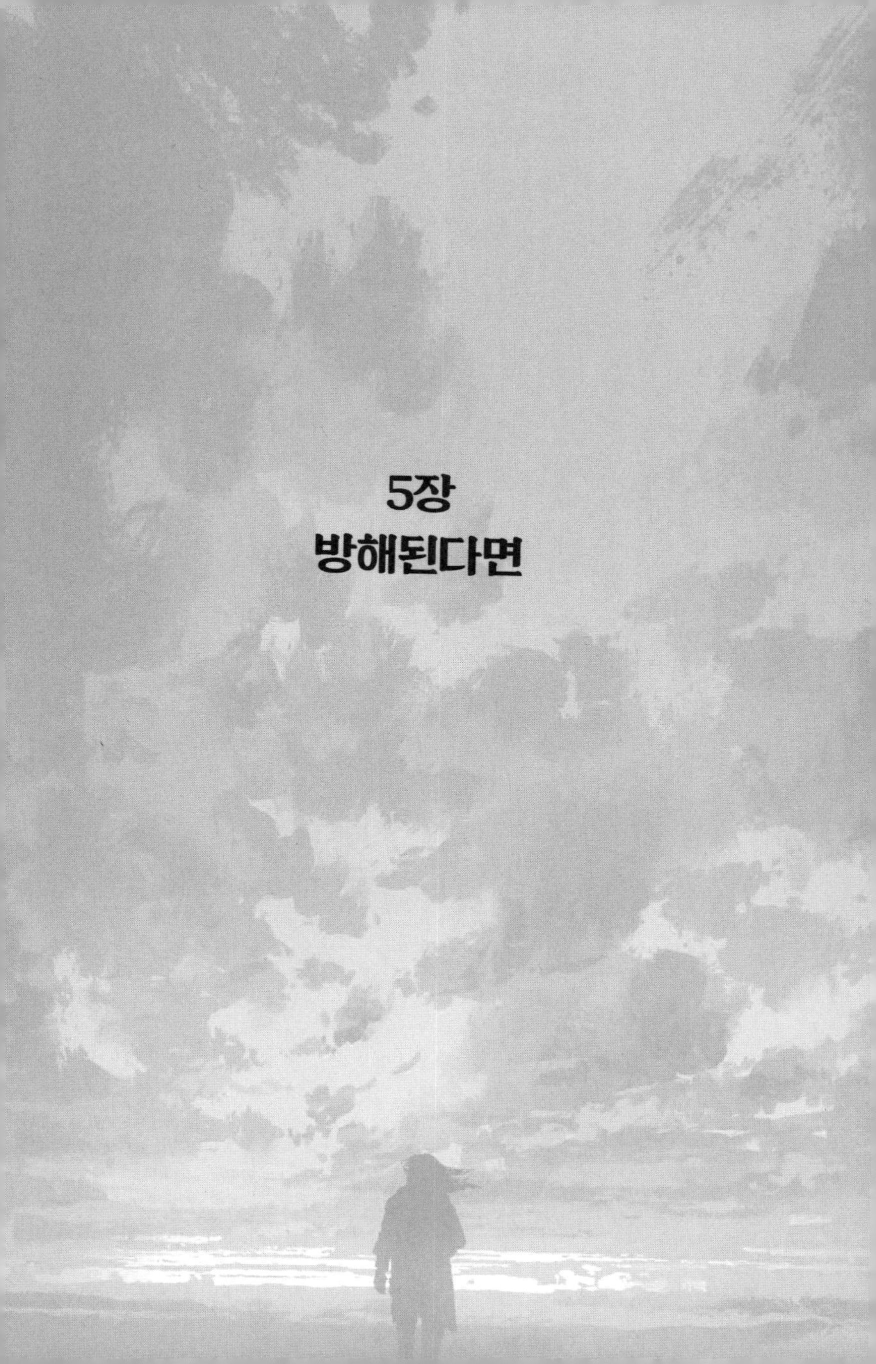

'새끼야'라고 말하고 싶었던 것을 겨우 눌러 참았다.

백현은 이쪽을 멀뚱히 보는 심연의 왕좌 앞에 털썩 앉았다.

욕설을 내뱉을 만한 상대가 아니었다. 백현은 손으로 턱을 괴며 구겨진 미간을 폈다.

"여태까지 고마웠다."

우선 그렇게 말해주었다.

인정할 것은 인정해야만 했다. 놈의 도움이 아니었더라면, 이미 진즉에 죽었다.

호른, 혈사자. 혼돈의 나락으로 떨어졌을 때, 놈이 길을 밝혀주지 않았더라면 어떻게 되었을까.

평생 그곳을 헤매다가 미치거나, 자살했겠지.

혈사자와의 싸움에서 살령을 썼을 때도. 놈이 인과율의 폭풍을 감당해 주지 않았더라면 생환은 불가능했을 것이다.

"그래도 말이야, 네가 날 '그냥' 도와준 것은 아니잖아. 그렇지?"

그걸 '이용'이라고까지는 생각하지 않는다. 심연의 왕좌는 백현에게 확실하게 바라는 것이 있었다.

"내게 바라는 것이 뭔지 직접 말해달라는 게 아니야."

백현은 눈을 얇게 뜨면서 심연의 왕좌를 응시했다.

알아듣기는 하는 걸까?

예전에 잠깐이나마 '직접' 이야기를 나눈 적이 있다. 그때는 보는 것만으로도 이쪽의 정신이 붕괴할 것 같았다.

하지만 지금은, 잘 보인다.

꽤 일그러져 있기는 했지만, 그건 백현이 잘못 보는 것이 아니었다. 일그러진 것은 시야가 아닌 심연의 왕좌 자체였다.

"난 널 모르지만, 네가 뭘 바라는지는 알 것 같아. 전부 막아달라는 거잖아, 안 그래?"

심연의 왕좌는 아직까지 아무런 말도 하고 있지 않다.

백현은 그 침묵에 홀로 웃었다.

심연의 왕좌가 가장 강렬하게 백현의 행동에 개입하려 들었을 때. 역천자가 검무희와 혈사자를 이용해 지구와 어비스를 통째로 연결하려 했을 때다.

역천자는 혼돈을 숭배하지만 심연의 왕좌는 숭배하지 않는다. 그가 심연의 왕좌에게 보내는 것은 숭배가 아닌, 혼돈의 시조에 대한 존중일 뿐이다.

"네가 부탁하지 않아도 나는 막을 거야."

막는다. 그렇게 말하기는 했지만, 백현은 그것으로 끝나지 않을 것임을 알고 있었다. 막는다는 것은 너무 상냥한 표현이다.

"죽일 거야."

그래서 굳이 정정해 주었다. 심연의 왕좌는 여전히 아무런 말도 하지 않는다.

백현은 턱을 괴고 있던 손을 내려놓았다.

일방적으로 말을 걸 뿐, 대화라고 할 것은 아니다. 하지만 벽에 대고 말하는 것 같은 답답함은 없었다.

백현은 양 무릎에 손을 올리고서 심연의 왕좌를 응시했다.

"할 수 있는지, 없는지는 솔직히 잘 모르겠다. 놈은 숨기는 게 많아. 몇 번 겪어보았지만, 얼마나 강한지, 그 전력이 대체 어느 정도인지도 아직 모르겠다."

그 역시, 인정할 것은 인정해야 했다.

"놈뿐만이 아니야. 적이 많아."

누가 먼저랄 것도 없다. 상황에 따라 아군이 될 수도 없을 것이다.

설령 놈들이 진심으로 아군이, 아니, 친구가 되자고 할 지어도 그렇게 될 일은 없을 것이다.

"쉬운 상대는 없고."

무릎에 얹은 손에 힘이 들어간다. 손등과 팔뚝에 핏줄이 서며 근육이 꿈틀거렸다.

백현은 천천히, 땅을 밀어내듯 일어섰다.

"난 약해."

그렇다 한들.

도움을 구걸하기 위해 온 것은 아니다. 백현은 일어서서 심연의 왕좌를 내려다보았다.

심연의 왕좌가 고개를 들어 백현을 본다. 백현은 천천히 숨을 삼켰다.

여태까지, 많은 도움을 받았다. 구명의 도움이다. 놈의 도움이 없었다면 죽어도 진즉에 죽었다.

하지만 그것과는 별개로.

"네가 방해된다."

무던히도 많이 들었다. 탈각을 목전에 두고 있다고.

그 말을 처음 들은 후로 얼마나 강해졌나.

파천신화공에만 얽매이지 않게 되었다. 많은 싸움을 했고, 살아남았다. 승리도 했고 패배도 했다. 그 모든 것이 백현이 추구하는 무(武)와 이어졌다.

지금의 그는 무의 축복을 받는 천무성마저 넘어, 광적인 무의 화신이 되었다.

그럼에도 백현은 인간이다. 그는 탈각하지 못했다. 무의 화신이라 한들 결국은 화신, 인간이다.

살령을 사용해 죽고, 명계에 가고, 무도의 마왕과 싸우고……. 그 싸움에서도 배웠다.

그리고 자신의 것으로 삼았다. 그렇게 계속 성장했다. 하지만 아직도 백현은 인간이었다. 탈각을 목전에 두었다는 이야기를 들은 후 쭉 성장했으나, 탈각하지 못했다.

그 이유는 백현도 안다.

탈각해 신격이 되어버린다면 많은 제약을 갖게 된다.

백현의 도움이 필요한 심연의 왕좌로서는, 백현이 신격이 되어 역천자의 일에 관여하지 못하게 되는 것을 경계하고 싶은 것이 당연하다.

하지만 지금 세상은. 성역이 뒤섞였다. 혼돈의 근원이 소멸한다면 어비스는 안정된다.

역천자가 새로운 혼돈의 근원을 만들었다고는 해도, 예전처럼 신격이 강신한다고 해서 혼돈이 들끓는 일은 일어나지 않을 것이다.

역천자가 '만든' 혼돈의 근원은 어비스가 아닌 이 세상에 강림해 버리니까.

심연의 왕좌는 여전히 아무런 말도 하지 않고 백현을 올려보았다. 백현은 심드렁한 눈으로 심연의 왕좌를 내려 보면서 말을 이었다.

"네가 바라는 것은 내 바람이기도 해. 그러니까……."

백현의 말이 끝나기도 전이었다. 심연의 왕좌가 천천히 몸을 일으킨다.

백현은 그의 갑작스러운 행동에 놀라지 않았다. 대신, 그는 묘하단 듯이 눈을 빛내면서 한 걸음 뒤로 물러섰다.

"……여태까지 도와준 것은 고맙지만, 더는 도와주지 않아도 괜찮아."

한 걸음으로 부족했다. 백현은 조금 더 뒤로 물러섰다.

일어선 심연의 왕좌가 손을 들어 올렸다. 백현은 놈의 '일렁거림'이 안정되는 것을 보았다.

완전히 형상을 갖춘 심연의 왕좌가 주먹을 쥐었다.

그가 취한 동작은, 백현이 모를 리가 없는 동작이었다. 양손을 느슨히 쥐고, 왼쪽 주먹을 앞으로, 오른쪽 주먹은 옆구리에 붙이고.

적당히 벌린 다리로 체중을 지탱하고, 언제고 앞으로 튀어나갈 수 있도록 발을 앞뒤로.

어깨는 과하게 힘을 주지 않고 느슨히, 어느 쪽으로든 움직일 수 있게. 턱을 당겨 붙이고 시선은 앞으로.

질리도록 했던, 그리고 이제는 몸에 완전히 익은.

백현은 작게 소리 내어 웃었다.

"도와주지 않아도 된다는 것에 자존심이 상한 건 아니지?"

심연의 왕좌는 대답하지 않는다.

충분히 거리를 벌린 뒤, 백현은 자세를 잡았다.

그가 취한 자세는 심연의 왕좌와 똑같았다. 그렇게 마주 보고 있으니 마치 거울을 보는 것만 같았다.

“아니면. 네 도움이 필요하다는 것을 강제로 납득이라도 시켜주고 싶은 건가?”

대답이 없으니 어느 쪽인지 모르겠다. 백현은 피식거리며 웃었다.

심연의 왕좌의 무릎이 굽혀진다.

이렇게 서로 대치하는 것이 갑작스러웠듯, 선공 또한 갑작스러웠다.

순식간에 거리가 좁혀진다. 왼쪽 주먹이 먼저, 그 뒤를 따라 붙듯이 오른 주먹. 익숙한 동작이다.

백현은 발을 뒤로 끌며 양손을 움직였다.

타탁!

손바닥으로 밀어친 즉시 놈이 발을 밀어낸다.

벌린 다리 사이로 들어오는 발, 발목을 걸어 당겨 중심을 무너뜨린다.

백현은 낮게 뛰어올라 심연의 왕좌의 가슴팍을 무릎으로 가격하려 했다. 하지만 그보다 빠르게 심연의 왕좌가 몸을 앞으로 기울였다.

간격이 너무 좁아 무릎을 올려치지 못했다.

심연의 왕좌가 양팔을 벌려 백현의 허리를 안으려 들었다. 백현은 공중에서 몸을 뒤로 확 기울였다.

퍼억!

백현의 양발이 심연의 왕좌의 가슴을 걷어찼다.

그 순간이었다.

파팟!

심연의 왕좌의 손목에서 무언가가 뿜어졌다.

'아라크네?'

백현은 즉시 허공에서 몸을 비틀었다.

쐐액!

쏘아진 아라크네가 백현의 몸을 아슬하게 스치고 지나갔다. 백현의 손목에서 풀려 나온 은사가 심연의 왕좌가 쏘아낸 은사와 얽혔다.

패앵!

백현은 은사를 단단히 당기면서 반대쪽 손을 뻗어 공중을 타격했다. 무형의 장력이 심연의 왕좌에게 쏘아졌다.

똑같았다. 심연의 왕좌도 일장을 쏘아냈다. 공중에서 폭발이 일어났고, 백현은 은사를 확 하고 당겼다.

폭발이 흩어지기도 전에 심연의 왕좌의 몸이 백현에게 끌려온다. 백현은 기다렸다는 듯이 주먹을 쥐어 뻗으려다가, 흠칫

하고 느낀 직감에 자세를 통째로 바꾸었다.

화악!

적중하지 못한 카운터가 백현의 코끝을 스쳤다.

"……어쭈."

단순히 흉내 내는 것이 아니다.

그것은 오한을 느낄 정도로 확실하게 실감했다. 놈의 공격은 흉내가 아니었다. 똑같다.

단순 박투술, 아라크네의 활용. 저 상황이라면 백현도 저렇게 행동했을 것이다.

그렇다면 이것도? 백현의 발이 허공을 박찼다.

파직!

검은 전류가 튀었고, 질풍신뢰가 펼쳐졌다.

공간을 도약하기 직전. 백현은 심연의 왕좌도 똑같이 질풍신뢰를 펼쳤다. 도약을 끝내 념체에 구성된 육체가 오싹거린다.

'나야.'

멀지 않은 곳에 심연의 왕좌가 있었다.

백현의 두 눈이 시뻘겋게 물들었다. 파천신화공의 호신강기가 백현의 몸을 집어삼켰다.

놈이 왜 저러는 것인지, 어떻게 저럴 수 있는 것인지는 모르겠다.

그건 백현에게 중요한 의문이 되지도 않았다. 다른 누구도 아니다. 바로 '나' 자신과 싸울 수 있게 된 것이다!

세상 어디에서 이런 경험을 할 수 있을까?

강적은 많았다. 약한 적은 많았다. 어쩌면 '나' 자신과 비슷한 힘을 가진 상대도 있을 것이다.

하지만 '나' 자신과는 싸울 수 없다. 지금이 아니고서는 싸울 수 없다.

[넌 약하지 않아.]

백현이 호신강기에 휘감겼듯, 심연의 왕좌 역시 호신강기에 휘감겨 있었다.

[하지만 네 적들은 강해.]

"넌?"

백현은 웃으며 물었다.

심연의 왕좌는 혼돈에서 태어났다. 그가 태어남으로써 가득했던 혼돈은 어비스라는 세상이 되었다. 그를 낳은 혼돈의 근원은 어비스 어딘가에 파묻혔고, 넘치는 혼돈이 득실거리는 몬스터가 되었다.

어비스는 그런 세상이었다. 몬스터라는 수많은 형제를 둔 심연의 왕좌는 어비스에서 쭉 고독했다. 그에게 자아라는 것이 있었는지는 의문이나, '심연의 왕좌'는 틀림없이 존재했다.

그는 갑작스레 자신을 낳은 혼돈의 근원으로 회귀했다. 그렇게 어비스는 주인을 잃었다.

그리고, 어비스의 문이 열렸다. 혼돈의 근원이 끝 모를 힘을 가지고 있음을 알고 있던, 이룰 수 없는 갈망을 가진 수많은 신격이 어비스로 발을 들였다.

"넌 강한가?"

신격조차 집어삼킨 혼돈. 그곳에서 태어난 존재. 어비스의 진정한 주인. 지금 백현이 마주한 것은 그런 존재였다.

어비스의 기원이나, 심연의 왕좌에 대해서나…… 여러 번 들었다.

그런데 정작 심연의 왕좌가 얼마나 강한가에 대해서는 아무도, 제대로 이야기를 해주지 않았다.

그야 당연했다. 심연의 왕좌는 단 한 번도 어비스에서 나온 적이 없었다. 그가 있었을 적의 어비스는 그 어떤 신격도 침범하지 못하는 곳이었다.

신격들이 들어올 수 있게 된 것은 심연의 왕좌가 혼돈으로 회귀한 뒤다.

심연의 왕좌가 얼마나 강한가. 아무도 그걸 모르는 것이 당연했다. 그는 그 어떤 신격에게 자신의 힘을 과시하거나 증명한 적이 없었다.

강하냐고 물었지만.

심연의 왕좌는 대답하지 않았다. 대신에 움직였다.

심연의 왕좌는 백현을 향해 다가오며 두 손을 들어 올렸다.

아까와는 다른 자세다.

편하게 늘어뜨린 어깨. 양손만을 들어서, 무저항이라는 듯 손바닥을 보이며 앞으로.

걸음은 여유가 가득하고, 태도 자체에 경계는 없다.

백현은 그걸 보고 그만 웃어버렸다. 저것 역시, 백현이 못 알아볼 리가 없는 동작이었다.

"아하."

상대를 기만하려는 의도는 아니다.

그냥 편해서. '공격'을 준비한다는 '형'을 떠나게 되었을 때. 백현의 자세는 저렇게 편해졌다.

굳이 주먹을 쥐어 뻗지 않아도. 다리를 벌려 몸의 중심을 잡지 않아도. 언제고 움직이고, 공격하고, 방어할 수 있게 되었을 때. 백현은 저렇게 자유로워졌다. 저마저도 소름 끼치게 똑같다.

똑같을 수밖에.

"강하냐고 묻는 것이 우문이었어."

백현은 그렇게 중얼거리면서 양팔을 늘어뜨렸다. 심연의 왕좌처럼 굳이 손을 들어 올리지는 않았다.

백현은 자연스럽게 이해했다.

심연의 왕좌가 강하고 약하고는 중요하지 않다.

"내 힘이 어느 정도인지는 나도 잘 모르는데."

빠지지직!

백현의 몸을 휘감은 호신강기가 파천강기로 바뀌었다. 백현은 환한 미소를 지었다.

"덕분에 알 수 있을 것 같아."

눈앞에 있는 건 심연의 왕좌.

동시에 백현, 자신이었다.

백현이 심연의 왕좌 본인인 것은 아니다. 그는 인간이었고, 혼돈과는 전혀 관련이 없었다.

그렇지만 심연의 왕좌는 백현과 똑같았다.

[내가 방해된다면.]

심연의 왕좌가 입을 열었다. 그 목소리조차도.

백현은 피식 웃었다.

[네가 부수고 가라.]

"부수지 못한다면?"

백현은 웃으며 되물었다.

바보 같은 질문이야.

그렇게 생각했고.

[바보 같은 질문이야.]

심연의 왕좌가 대답해 주었다.

둘의 모습이 동시에 사라졌다.

누가 먼저랄 것도 없었다. 정확히 동시에, 서로의 모습이 사라졌다.

백현은 당혹해하지 않았다.

이동은 사선(斜線).

순식간에 상대의 시야에서 벗어나 사각으로. 처음의 일보는 간격을 좁히는 데 쓰지 않는다.

좁히는 것으로 바로 끝낼 수 있는 상대라면 모를까, 그렇지 않은 상대라면, 무조건 좁히는 것은 답이 되지 않는다.

그래서 사선이다. 시야를 벗어난 사각, 그곳을 향한 초고속 이동. 그 뒤에 상대가 어떻게 대응하느냐에 따라 백현의 대응이 결정된다.

하지만 그마저도 똑같다. 백현이 사선으로 이동했듯, 심연의 왕좌 역시 사선으로 이동했다.

백현은 활짝 웃으며 걸치고 있던 흑천을 벗어 던졌다. 아라크네마저 버렸다.

목에 걸고 있던 파라넥트도 벗었다. '지금'은 필요 없다. 나를 부수기 위해서는, 그 역시 오롯이 '나'여야만 했다.

그건 심연의 왕좌도 마찬가지였다. 그는 백현처럼 '벗는다'는 행위를 하지 않았으나, 백현은 그가 자신처럼 아티펙트를 벗었다는 것을 느꼈다.

여전히 둘은 서로의 사선에 있다.

그곳에서 사선에서 사선(死線)으로. 두근, 거리는 고동이 만들어낸 쇄혼 너머로.

빠아앙!

공기가 동시에 터졌다.

백현과 심연의 왕좌 사이의 거리가 사라졌다. 딱 붙는다 싶을 정도의 거리에서 서로의 팔이 얽히듯 쏘아져 스쳐 지나간다.

서로가 아슬하게 고개를 비틀어 턱을 노리는 주먹을 피해 낸다. 깔끔하게 안면에 처박지 않는 것도 똑같다. 서로의 견고함이라면 정면의 타격은 유효하지 않다.

스치듯 깎아내는 것. 노림수마저 닮았다는 것이 소름 끼치게 즐겁다.

백현은 의도하여 움직임에 제동을 걸었다.

스쳐 지나간 팔이 낫처럼 꺾이며 백현의 뒷목을 걸어 당기려 했다.

공격 방법, 생각.

똑같지만, 모두가 똑같지는 않다. 리얼타임의 의도한 판단력은 다를 수밖에 없다. 이쪽을 똑같이 흉내 내는 것이 아니니까.

팔뚝이 뒷목에 닿으려는 순간, 백현은 홱 하고 턱을 당기며 이마를 써서 심연의 왕좌를 들이박으려 했다.

심연의 왕좌의 팔이 낫이 되어 백현의 목을 당기려 했다면, 백현은 뻗었던 손을 쫙 펴서 심연의 왕좌의 등을 받쳤다. 그가 도망칠 수 없도록 하기 위해서였다.

심연의 왕좌는 뒤로 물러서지 않았다. 그렇게 첫 충돌이 만들어졌다. 서로 똑같은 박치기였다.

등 뒤로 유연하게 꺾은 손이, 등을 받치고 있던 백현의 손목을 붙잡았다. 그대로 관절을 비틀어 꺾는다.

백현의 몸에서 힘이 쭉 빠졌다. 의도한 탈력(脫力)이 백현의 근육과 뼈를 액체처럼 유연하게 만들었다.

비유일 뿐이다. 아무리 몸에 힘을 뺐다고 한들 사람의 몸은 액체가 되지 않는다. 하지만. 액체는 꺾이거나, 부러지지 않는다.

손목 관절을 비틀어 돌리는 회전이 백현의 몸 전체를 빙글 돌렸다. 백현의 몸이 제자리에서 한 바퀴 크게 돌았다.

팔은 여전히 힘을 뺐고, 몸에 힘이 주어진다.

백현은 어깨를 당겨 붙잡힌 팔을 쫙 늘렸다. 그 순간에 팔은 관절이 없는 촉수가 되었다.

촉수가 된 팔이 심연의 왕좌의 목을 휘감는다. 떨쳐낼 수 없다. 근접 거리, 그 거리를 유지시키는 것은 심연의 왕좌가 백현의 손목을 아직 잡고 있기 때문이었다.

그렇다면 놓는다.

심연의 왕좌는 백현의 손목을 놓고서, 목을 휘감아오는 팔의 아래로 쑥 내려갔다. 휘둘러 친 일장이 백현의 옆구리를 때리려 들었다.

백현은 늦지 않게 무릎을 들고 팔꿈치를 내려 옆구리를 방어했다.

떠엉!

막아낸 타격이 백현의 몸을 밀어냈다. 백현의 얼굴에 히죽 웃음이 떠올랐다.

충돌음은 하나가 아니었다. '똑같이' 겹쳐지기는 했지만 둘이었다. 심연의 왕좌의 일장이 백현의 몸을 타격한 순간, 백현의 발도 심연의 왕좌의 어깨를 걷어찼다.

타격음이 겹쳐진 것. 똑같은 소리. 서로 똑같이 '막았다'는 뜻이다. 타격이 적중한 순간의 틈을 노렸는데, 심연의 왕좌는 적절히 어깨를 세워 백현의 발차기를 막아냈다.

"좋아."

백현은 느슨히 풀어진 오른팔을 힐긋 내려다보았다. 근육과 피부가 쭉 늘어난 팔은 발목에 닿을 정도로 늘어나 있었다.

우두둑!

그것이 순식간에 죄여졌다.

백현은 손목을 붕붕 돌리며 말했다.

"방해라면 부수고 가라고 말했지?"

듣기 좋은 말이었다. 이해하기도 어렵지 않다. 그래, 방해된다고 '정중하게' 말해서 납득과 이해를 시키고, 그렇게 물러서게 하는 것보다는. 힘으로 납득시켜, 이해시켜, 부수는 것이 편하다.

"그럼 부숴볼까."

방금 전의 접전은 짧았다. 굳이 말하자면, 인사 정도였다. 내가 '나'랑 싸우고 부숴 버린다니. 이런 기회는 다시없을 것이다.

강적과의 싸움. 경험해 본 적은 많다. 요행으로 얻은 승리도 있었다. 싸움의 도중에 성장한 적도 있다.

이 싸움은, 다르다. 상대는 강적이 아닌 바로 '나'. 내가 나와 싸워서 승리하기 위해서는, 나보다 강해지는 수밖에 없다.

나를 뛰어넘어야 한다. 백현은 왜 심연의 왕좌가 '부수고 가라'고 말한 것인지 알 수 있었다.

나는 약하지 않다.

적은, 그런 나보다 강하다.

적은 약해지지 않는다.

그렇다면 내가 강해지는 수밖에 없잖나.

투기가 실체화된다. 파천강기가 빠직거리는 전류를 튀기며 응축된다. 크게 부풀었던 파천강기가 백현의 몸을 얇게 휘감았다.

파악!

백현의 주먹이 쏘아졌다. 서로 간의 거리는 의미가 없었다. 권격은 공간을 꿰뚫고 심연의 왕좌를 위협했다.

꿰뚫리기 직전, 심연의 왕좌가 사라진다.

백현은 오싹한 기분을 느끼며 몸을 비틀었다. 배를 훑는 공격을 피해 팔꿈치를 세웠다. 예리하게 휘둘러 벤 팔꿈치가 심연의 왕좌의 목을 스쳤다.

백현의 발이 두 걸음 물러선다. 활짝 편 왼손이 심연의 왕좌의 가슴을 밀어낸다.

저쪽의 손은 주먹이 되어 손바닥을 때린다. 서로의 피육이 닿기 전에 파천강기가 충돌했다.

찌잉 하는 울림에 이어 역류한 힘이 서로를 밀어낸다.

둘 다 밀려나지 않았다. 되려 힘을 준 다리를 앞으로 뻗으며 전진, 백현은 몸 전체를 젖혔다가 주먹을 새로이 던졌고, 심연의 왕좌 또한 주먹을 던졌다.

꽈지직!

얽힌 힘이 시커먼 폭풍을 일으킨다. 주먹은 여전히 맞닿아 있다.

그 주먹에서, 백현의 엄지가 세워졌다.

주먹은 이미 닿아 있다. 백현의 엄지가 심연의 왕좌의 검지를 붙잡았다. 그대로 위로 꺾으면서, 주먹을 풀어 뻗은 중지로 심연의 왕좌의 손목의 혈도를 정확히 짚었다.

그 일련의 동작은 충돌 직후, 순식간에 일어났다.

빠악!

바짝 붙어 휘두른 손등이 심연의 왕좌의 가슴팍을 때렸다. 물 흐르듯 이어진 동작이 연속되었다. 곧추세운 무릎이 심연의 왕좌의 낭심을 걷어찼다.

막혔다. 기다렸다는 듯이 펼친 손이 백현의 무릎을 가로막는다.

'꺾는 느낌이 없다.'

엄지로 검지를 잡은 순간부터. 맞닿은 것은 금강을 분쇄하는 주먹이 아닌 부드럽고 유연한 고무가 되었다.

검지와 손목 관절을 으스러뜨리기 충분하게 꺾었는데, 근육을 찢지도 뼈를 부수지도 못했다.

'나라도 그랬을 거야.'

무조건 때리고 치는 것이 아닌 잡고 꺾는다.

백현이 좋아하는 근접박투는 무조건적인 타격에만 국한되지 않는다.

잡고 꺾고 찌르고. 그 외의 모든, 근접 거리에서 '몸'으로 할 수 있는 변칙. 백현은 그것들을 사랑했고, '잘한다'고 자신할 수 있었다.

이해하고 있다. '나'는 그렇다. 공격하는 것에만 익숙한 것이 아니다. 그런 '행위' 자체가 익숙하다.

대응 또한 마찬가지다. 꺾고 부수려 한다면 꺾이지 않고 부서지지 않게 대응할 수 있다.

'그래야지.'

의혹 따위가 아니다.

저건 틀림없이 나다.

'아직 닿아 있어.'

거기서.

백현은 감정을 이성과 합쳤다. 백현의 모든 정신과 세포가 '나'를 부수는 것만을 목적으로 두었다.

이해는 필요 없다. 해야 할 것은 일방적인 폭력이다. 그렇게 정신이 육체와 합일한다.

광기의 지배가 아니다. 백현은 광기마저 포용했다.

'아.'

의식이 노닐며 육체가 가속하는 중에, 백현은 진심으로 그렇게 생각했다.

'난 싸우는 게 좋아.'

상대도 그래 보였다.

때렸다. 막혔다. 반동으로 몸을 돌렸다. 옆으로 찼다. 놈 역시 나를 찼다. 옆구리가 욱신거렸다.

똑같은 파천강기, 타격의 순간에 강기를 흩뜨리고 들어 와. 강기의 상쇄는? 없다. 천의무봉. 타격 순간에 천의무봉을 섞어서 방어를 뚫었다. 그래, 나는 심안을 가지고 있고, 천의무봉에 능숙하다.

'과연 나야.'

늑골이 부러졌나? 부러지지 않았어. 통증을 '갖는 것'. 꽤 오랜만이라는 생각이 들었다.

단발적인 통증이 아니라 남는 통증. 그동안은 파라넥트 덕분에 상처가 바로바로 치유되었으니까. 그러니까 오랜만인 것이고, 반가웠다.

'그래.'

싸움은 아파야지.

시커먼 어둠이 눈앞에 있었다. 심연의 왕좌가 부풀린 파천강기가 시야를 모조리 뒤덮는다.

천의무봉.

백현의 양손이 들렸다. 흐름을 조작, 원하는 만큼 잘되지 않는다. 천의무봉으로 응전할 것을 알고서 대응하고 있는 거야.

백현은 입안에 고인 피를 달게 삼키며 웃었다.

백현의 양손이 유유히 움직였다. 손끝에 태극의 무리가 담긴다. 원을 그린 손짓에 따라 파천강기가 휘둘린다.

천의무봉에 이어 태극선의 유화태극무한을 펼쳤다.

쿠르르릉!

덮쳐오는 파천강기가 백현의 손짓에 따라 휘둘리며 열린다.

쿠웅!

발로 땅을 크게 내리찍었다. 바짝 붙인 주먹을 짧게 쏘아냈다.

빠어엉!

파천강기가 완전히 흩어졌다. 하지만 심연의 왕좌는 없었다.

질풍신뢰. 백현은 홱 몸을 돌려 땅을 박찼다. 저만치 거리에서 나타난 심연의 왕좌가 파천강기를 일으키고 있었다.

화아악!

그의 발아래에서 치솟은 파천강기가 무수히 많은 구체를 형성해 냈다.

백현은 이후 무슨 일이 일어날 것인지를 알았다.

'천혼광도? 아니.'

조련유린.

파바박!

수백 개의 강기구가 백현에게 쏘아졌다. 직접 충돌해 오지 않는다. 사방을 점한 강기구가 각기 다른 움직임으로 백현을 압박해 온다.

백현은 빠르게 몸을 움직이며 강기구 사이를 뛰어다녔다.

어느 순간, 강기구가 터지면서 무수히 많은 송곳을 쏘아낸다. 천상기린의 유아백탈. 모두가 반가운 강기공이다. 하지만 이제 와서?

그래, 이제 와서.

백현의 발이 어지럽게 움직인다. 그의 신형이 수십 개로 분영하며 잔상을 만들고, 그리 만들어진 잔상들이 각기 다른 방향으로 뛰어 달린다.

암령의 유령귀곡무다. 뛰어 달리던 잔상들이 강기구에게 달려들어 폭발했다.

백현의 오른손에 끔찍한 힘이 모여들었다. 그는 공간을 찢으며 시커먼 강기를 흩뿌렸다.

순식간에 펼쳐낸 것은 투전마라의 멸원광도였다.

멸원광도가 조련유린과 유아백탈을 지워냈다. 백현은 자신이 만들어낸 폭력에 몸을 실었다.

모든 강기가 양의무극회환을 통해 백현의 몸을 휘감았고, 그는 파괴의 바람을 지배하는 풍신이 되었다.

풍신천주.

백현의 일신이 공간을 꿰뚫었다. 날카로운 강기의 폭풍이 낭아천섬을 만든다.

백현은 거대한 송곳이 되어 심연의 왕좌에게 달려들었다. 심연의 왕좌는 피하지 않고 양손을 들었다.

백현은 그의 등 뒤에서 피어오르는 무수히 많은 강기의 검을 보았다.

검황의 일검평천하. 수백 개의 칼날이 풍신천주를 가로막기 위해 움직였다.

본래 무공으로서의 격을 따지자면 신풍랑의 풍신천주와 낭아천섬은 검황의 일검평천하를 대적할 수 없다. 신풍랑은 검황보다 몇 수나 아래였다.

하지만 사용하는 사람이 다르다. 백현은 이미 진즉에 도원경에서 수행 상대였던 고수들을 뛰어넘었다. 그들에게서 배운 모든 무공은 백현에 의해 발전하고 완성되었다.

그마저도 예전의 일이다. 이제는 일일이 그런 것들을 의식해 사용하지 않을 정도로 강해졌다.

백현의 수준은 기공의 형마저 초월했다. 백현이 단순히 흩뿌리는 강기는 이미 강기공의 정수가 담기게 되었다.

그렇다 한들 형이 무의미한가. 그저 흩뿌릴 뿐인 강기가 정제하고 형을 갖추어 몰아붙이는 공격보다 무조건 우월하다 볼 수 있나?

아니, 아니다. 형에 국한되지 않고 초월했다는 것은 형을 버리는 것이 아니다. 그 모든 것을 아울러야 한다.

일검평천하의 기검이 분쇄된다.

백현의 의식은 끝없이 확장했다. 그는 자신의 눈에 보이지 않는 것을 모조리 느끼면서 낭아천섬을 벗어냈다.

부서진 기검이 꽃잎이 되어 혈승의 지옥혈잔화를 일으킨다. 백현은 자신이 부숴야 할 대상을 명확히 이해하고 직시했다.

부숴야 할 것은 오만한 나다. 무를 완성한답시고 그 길을 걷는 주제에, 지나온 길을 되돌아보지 않던 나. 이제는 알았다, 더는 필요 없다고 생각하며 버렸던 나.

그런 모든 나를 부순다. 부수어, 버리고 가는 것이 아니다. 부숴 버린 것마저 끌어안고 간다.

그 모든 것이 저 먼 앞으로 이어진다. 그렇게 나는 완성으로 간다.

지금의 나는 얼마나 완성되었을까.

"부수고 가라."

백현은 작게 중얼거렸다.

그는 쏟아져 내리는 무수한 강기의 꽃잎 안에서 양팔을 들어 손을 펼쳤다. 혈승의 지옥혈잔화라면 위협이 안 된다. 하지만 '내'가 펼치는 지옥혈잔화라면 끔찍한 위협이다.

그 안에서 백현은 무방비하면서도 결코 무너지지 않을 것처럼 굳건했다.

"내가 좋아하는 말이지만, 틀렸어."

부수는 게 아니라.

먹어야 한다. 씹어서, 삼키고 가야 한다. 낭비는 없다. 버려서는 안 된다.

백현은 환한 얼굴로 웃었다.

그는 틀림없는 확신을 가졌다. 내가 나를 씹어 삼킨다면. 나는 지금의 나를 초월한다는 확신.

백현의 양팔이 움직인다. 휘몰아친 꽃잎이 백현의 몸을 삼키려 들었다. 백현의 양팔이 '사라졌다'. 고속의 움직임은 팔을 사라진 것처럼 만들었다.

그의 팔은 힘이 빠지고 힘이 주어지는 것을 반복하며, 눈으로 포착할 수 없는 변칙적인 검격을 만들었다.

꽃잎을 분쇄, 아니, 베고 찌르는 폭발적인 검세. 매화검선의 매화요란과 매화만화. 그 맹렬한 검무에 심연의 왕좌가 이끌리듯 다가온다.

그의 양팔이 축 늘어졌다.

그부터 시작된 검세는 매화검선의 것과는 판이하게 다르다. 보다 비열하고, 변칙적인. 정(正)과는 상반되는 사(邪)의 검. 흑풍괴마의 흑암광풍과 광풍무곡.

서로의 검이 뒤섞인다. 상반되었다지만 누구 하나 우월하다 할 수 없는 검기였다.

지금 펼치는 자의 수준도 다르지 않다. 똑같아서, 압도하지 못하고 상쇄에 상쇄를 반복한다.

하지만 착각하지 마라. 휘두르는 것은 검이 아닌 팔이다. 팔은 검과 다르다.

서로 베어내는 순간 백현의 팔이 꺾인다. 백현의 팔이 심연의 왕좌의 팔과 얽혔다.

심연의 왕좌가 뒤늦게 팔에 힘을 빼지만, 백현은 그 직전에 바짝 붙였다.

"전부 먹어도 나는 나야."

백현은 작은 소리로 중얼거렸다.

그의 주먹은 느리게, 그러나 결코 피할 수 없게, 절대 받아내선 안 될 것 같은 주먹을 밀어냈다.

다양한 기술 중에서, 백현은 특히나 이 기술을 좋아했다. 가장 간단하고, 위력적이고, 명확했기 때문에.

권성의 금강괴폐가 심연의 왕좌에게 작렬했다.

빠어어엉!

커다란 폭음과 함께 심연의 왕좌가 날아간다.

백현은 주먹을 툭툭 털며 심연의 왕좌에게 다가갔다.

"꽤 예전에 먹었는데, 이제야 소화가 된 기분이군."

땅바닥에 엎어진 심연의 왕좌가 비틀거리며 일어섰다.

백현은 그의 다리가 떨리는 것을 보았다.

"난 약하지 않아."

백현은 자신의 손을 내려다보았다. 근육이 찢기고 팔뼈가 뒤틀려 있다. 똑같은 격의 공격을 연이어 상쇄했다.

금속과 비교할 수 없이 단련한 몸뚱이라도 그렇게나 충돌한다면 손상된다.

백현은 찌릿찌릿한 고통과 함께 웃으며 주먹을 쥐었다.

우두둑!

박살 난 뼈와 찢긴 근육을 내공으로 죄어 감쌌다.

"난 강해."

이렇게 싸워보니 알았다. 난, 강하다.

심연의 왕좌가 양팔을 든다. 시커먼 어둠이 구름처럼 뭉친다. 도원경에서 먹은 것들을 완전히 소화했으니, 이제는 그다음이다.

백현은 흑운을 몸에 휘감은 심연의 왕좌를 보면서 입술을 핥았다. 이미 펼친 쇄혼에서 한 번 더. 심장이 터질 것처럼 뛴다.

백현은 자신의 몸을 한계 너머로 각성시키며 흑운을 일으켰다.

이제는 날 씹어 삼킬 때다.

6장
잘 자라

무슨 일이 일어나고 있는 건지 모르겠다.

리셀은 혼란스러운 눈으로 앞을 보았다.

백현의 모습은 혼돈의 근원에 삼켜져 보이지 않는다. 그러고도 시간이 꽤 지났는데, 아직도 밖으로 나오지 않았다.

이곳은 위치엔드의 성역이다. 혼돈의 근원은 이 안에 있고, 리셀은 확실하게 그것을 느끼고 있었다.

하지만 백현의 존재는 도저히 느껴지지 않는다. 그 또한 기묘한 일이었지만, 진정으로 기묘한 일은.

'작아지고 있어…….'

위치엔드의 신격을 바쳐가며 소멸시키고 있던 혼돈의 근원이, 위치엔드 본인은 아무것도 하지 않았는데 줄어들고 있다.

그 '터무니없는' 크기에 리셀은 헛웃음을 흘렸다.

"한참이나 부족했다고?"

스킬 헌터로 이름 높았던 대신격. 마녀들의 대도서관 깊은 곳, 아무것도 적혀 있지 않던 고서.

호기심에 다가와 취하려 한 마녀들을 역으로 삼키던 저주받은 금서가 위치엔드의 근원이다.

그 끔찍한 금서를 호기심으로 다가와 몇 번이고 손에 쥐려 한 마녀들을 모조리 삼키면서 저주는 전설과 신화가 되었다.

위치엔드는 마녀의 종말로 전해지는 저주를 신화로 삼아 태어난 대신격이다.

무수히 많은 마녀의 절망을 제물 삼아 태어난 위치엔드의 전부를 바쳤으나, 혼돈의 근원은 소멸되지 않는다.

위치엔드는 이제야 그것을 깨달을 수 있었다. 서로의 소멸이 목전이라 생각했는데, 터무니없는 오판이었다. 만약 계속했다면, 일방적으로 소멸되는 것은 위치엔드였을 것이다.

그만큼이나 거대했던 혼돈의 근원이 작아지고 있다. 줄어들고 있다.

저 안에서 대체 무슨 일이 벌어지기에?

리셀은 꿀꺽 침을 삼키며 혼돈의 근원에게 다가갔다.

그녀가 금서였을 시절부터 무수히 파멸시켜 온 마녀들. 그들을 파멸로 이르게 한 호기심이 위치엔드의 가슴을 꿈틀거리게 했다. 위험하다는 것을 알면서도 뻗어진 걸음이 빨라진다.

리셀은 홀린 눈으로 혼돈의 근원을 향해 다가갔고, 오싹거리는 예감에 흠칫 놀라 멈춰섰다. 그녀를 멈춰 세운 것은 위치엔드의 자아가 아닌, 뒤섞여 있는 리셀의 자아였다.

다가가면 끝이다.

리셀은 오한에 몸을 떨며 중얼거렸다.

"고, 고마워."

그 누구도 아닌 자기 자신에게 표하는 감사였다.

이제 와서 죽을 수는 없지. 위치엔드 본인의 소멸은 이미 예정되어 있고 바뀌지 않을 터이나, 리셀마저 소멸시킬 수는 없다. 그러면 정말 개죽음이 될 뿐이다.

'하지만 이건…….'

접촉은 하지 않았다. 재빠르게 걸음을 물리기는 했지만, '조금' 가까이 다가갔을 뿐이다.

하지만 그것만으로도 느낄 수 있었다. 저 안에서 대체 무슨 일이 벌어지고 있는 것인지는 알 수 없었으나.

아주 끔찍하고 흉악한.

신격에게조차 경외를 느끼게 하는.

그 정도로 대단하고 아름다운.

'신격……?'

그것을 신격이라 할 수 있을지는 모르겠으나, 저 안에서 무언가가 태어나고 있다.

'아냐.'

만들어지고 있다.

리셀은 꿀꺽 침을 삼켰다.

소멸이 목전이라지만, 저 안에서 무슨 일이 벌어지는 것인지 궁금해 참을 수 없었다.

커지고 있다.

백현은 조용히 그것을 느꼈다.

커지는 것은 가슴의 두근거림, 홍분, 광기, 투지. 그 전체를 아우르는 욕망. 굶주림, 밥을 언제 먹었지? 갈증……. 목말라. 그 모두 한 욕구, 머리카락이 들썩거린다.

설레고 또 설레어서, 이렇게 배고프고 목이 마른데 눈앞에 저렇게나 맛있는, '나'가 있다.

더, 커진다. 욕구와 욕망이 커진다. 나는 점점 커지고 있다.

흑운을 몸에 휘감은 심연의 왕좌는 들었던 손을 꽉 쥐었다. 놈의 존재감은 공간 전체를 아우르고 장악했다.

아름다울 정도로 거대하다.

저게 심연의 왕좌, 혼돈에서 태어난 어비스의 주인인가.

'아니야.'

저건 나다.

내가 대적하고 있는 것은 그 누구도 아닌 바로 '나'다. 적으로서 마주한 나는 이만큼이나 절망적으로 강하구나.

백현은 그간 자신이 쓰러뜨려 온 적들에게 일말의 죄책감과 공감을 느꼈다. 적으로서의 나는 이만큼이나 두렵고 쓰러뜨리고 싶은 상대로구나.

빠어어엉!

백현의 발이 공간을 으깨었다. 그는 고속으로 튀어나가며 흑운을 전신에 둘렀다.

심연의 왕좌의 다리는 더 이상 후들거리지 않는다. 백현 또한 으깨진 팔의 아픔을 느끼지 않았다. 강기에 휘감긴 주먹이 전진했다.

꽈아앙!

흑운과 흑운이 충돌했다. 똑같은 힘의 구름이 터져 나간다. 피하지 않아. 백현은 허리를 크게 돌렸다.

반동을 실어 던진 주먹과 주먹이 다시 충돌했다. 피하지 않고 '잡았다'. 서로가 똑같았다.

타격 직전에 손바닥을 활짝 펴서 서로를 잡았다. 그대로 당긴다. 붙은 거리에서 이전에 충돌했던 주먹을 끊어 내지른다.

막아라. 백현은 생각했고, 심연의 왕좌는 막았다.

'그래.'

나는 그렇다.

그랬을 거다.

그를 넘어야 한다.

백현의 손에 힘이 빠져나갔다. 그의 손이 뱀처럼 심연의 왕좌의 주먹을 타고 올라가 팔뚝을 붙잡는다.

꽉 쥔 악력으로 비틀어 쥐어짰다. 여전히 반대편 손은 서로 붙잡고 있다. 더 강하게.

백현의 손이 심연의 왕좌의 손을 으스러뜨렸다.

콰르르!

어느새 그의 머리 위에 뭉친 흑운이 아래로 떨어졌다.

흑운이 쏟아지기 직전, 백현의 팔꿈치가 심연의 왕좌의 턱을 갈겼다.

그의 머리가 기우뚱거리는 순간에 백현의 몸이 질풍신뢰로 그 자리를 벗어났다.

꽈아앙!

어둠이 들끓었다. 백현은 그 안에서 심연의 왕좌가 비틀거리는 것을 보았다.

가쁜 호흡이 달다. 고통이 즐겁다. 백현은 작게 소리 내어 웃고, 뛰었다.

흑운을 걷어내며 심연의 왕좌가 뛰어나온다.

심연의 왕좌는 똑같다. 심연의 왕좌는 여전히 백현이었다. 과거의 백현이었다.

백현은 자신의 의식이 나아가는 것을 느꼈다.

끝없이 펼쳐진 무의 길이 눈앞에 있었다. 그렇게 본다면 직접 뛰어 달릴 수밖에 없는 길이었다.

의식은 저만큼 앞으로 달렸고 백현의 몸도 함께 달렸다. 나를 이기기 위해서는 나보다 강해져야 한다.

씹어 삼켜 먹기 위해서는 포식자가 사냥감보다 강해져야 한다. 그 당연한 섭리가 백현을 전진시켰다.

세상이 돌연히 멈춘 것 같다. 모든 것이 느리게 보인다. 나의 움직임이 느리고, 나는 그보다 근소하게 빠르다. 그것으로는 부족했다. 더 빨라야 했다.

백현은 시간을 뛰어넘었다. 질풍신뢰의 속도마저 느리게 느꼈다.

가속이 더해진 주먹은 가벼웠다. 심연의 왕좌의 머리가 옆으로 돌아간다.

땅을 딛는 발은 무겁다. 주먹은 무겁고, 발은 빠르게라고 했던가. 알기 쉬운 무리. 그 모두가 하나로 이어진다. 극과 극은 통한다고 했나. 만류귀종, 결국은 모두가 무(武)로 이어지는 것.

가벼움과 무거움, 상반된 것조차도 무로 이어진다. 그리고 내가.

그 누구도 아닌 내가.

오만하단 생각은 없다. 이 순간에 백현은 틀림없이 확신했다.

무의 화신? 부족하다. 부족해도 한참이 부족해.

휘청거리는 심연의 왕좌가 반격했고, 멈춘 시간 속에서 그의 움직임은 느렸다. 그리고 백현은 빠르다.

근소하게 빠르지 않다. 그 역시 지나온 과거, 그의 의식은 그보다 앞으로 가 있었고, 육체 또한.

육체의 움직임. 쇄혼으로 각성시킨 한계.

'부족해.'

의식은 이미 앞에 있다. 그렇다면 육체가 속도에 맞춘다. 심검의 묘리는 마음으로 베는 것. 형 없는 마음은 그 무엇도 베어낸다.

베겠다는 분명한 일념이 의념이 되어 진짜로 베어버리는 것이 심검이다. 그 또한 무(武).

이미 이해하고 펼치던 것. 그러나 백현의 의식은 저 멀리 나아가, 기존의 의념기마저 우습게 여길 정도로 초월했다.

그 고양감. 나라는 존재를 가득 채우는 충만감은 나를 넘어 커지고, 나는 그와 함께 커진다.

백현의 눈이 빛을 담았다. 빠르게 스쳐 지나가는 시야가 수많은 빛을 일으켜 백현의 눈을 빛나게 만들었다.

삼라만상이 그의 시야에 담긴다. 백현은 눈은 그를 굽어보고 있었다.

백현의 주먹이 빛에 휘감겨 터졌다. 아프지 않았다.

인간으로 남은 육체가 백현의 의식을 감당하지 못한다. 무로 가득 찬 의식은 더 이상 필멸자의 것이라 할 수 없었다.

주먹은 터졌으나 그의 의식은 빛이 되어 심연의 왕좌의 저항을 분쇄했다. 심연의 왕좌의 다리가 붕 떠올랐다.

백현은 자신이 부수는 대상을 명확히 인지했다.

나다.

많은 것을 배우고 성장해 온 나. 방금 전의 나. 도원경에서, 선계에서, 어비스에서, 명계에서, 지구에서. 그 모든 것을 체험한 나를, 지금의 내가 부순다.

지금은 계속해서 이어지고 있다.

백현의 심안이 빛났다. 그는 지금의 자신을 휘감은 거대한 흐름을 보았다. 그 거대한 흐름은 포악하지 않고 요람처럼 포근했다.

천무성……. 무의 축복. 그 흐름은 검무희와의 싸움에서 떨쳐냈다. 이것은 천무성에게 '주어진' 무의 흐름이 아니다. 백현 자신의 흐름이었다. 그 흐름 속에서 심연의 왕좌는 홀로 동떨어져 있었다.

천의무봉은 세상의 중심에 다가가는 것. 지금의 백현은 다가갈 필요 없이, 세상의 중심이었다.

그렇기에 이후에 벌어질 모든 것은 관조(觀照)의 영역이다. '내'가 하는 모든 저항을 관조한다.

부처님 손바닥 안이라고 했던가. 그와 다를 것 없었다. 나의 모든 저항은 결국 내 손바닥 안이고, 나는 그 손을 내려 보고 있다. 높은 곳에서 내려다본다면 참 쉽게 아래를 볼 수 있다.

백현의 팔이 천천히 움직였다.

저항을 걷어내고.

공격을 상쇄하고.

방어를 활짝 열고.

백현의 손바닥은 심연의 왕좌의 가슴에 닿았다.

빼어엉!

심연의 왕좌의 몸이 뒤로 날아간다. 멀어지는 거리, 좁힐 필요까지야.

백현은 가볍게 손을 움직였다. 그러자 심연의 왕좌의 몸이 백현을 향해 되돌아왔다.

무저항이 아니다. 백현은 심연의 왕좌의 양손에서 포악스레 날뛰는 힘을 보았다.

그가 무엇을 준비하는지, 무슨 일을 하려는지도 알았다.

관조.

거기서 피어나는 전능감. 이미 느껴본 적 있는 전능감이다. 살령을 써서 마왕의 육체를 얻었을 때. 명계에서 절대신격인

아진의 권능을 사용했을 때.

하나 이 전능감은, 느껴보았던 그 어느 때의 전능감과도 다르다.

'남의 것'이 아니다. 이 전능감은 모조리 백현의 것이었다.

"고맙다."

백현은 웃으며 말했다.

흐름이 미쳐 날뛴다. 그가 만들어낸 흐름이 심연의 왕좌에 의해 뒤엉킨다. 엮고, 엮고 엮어서 한계까지, 그마저도 넘어서서. 뒤엉킨 매듭을 억지로 잡아당겨서.

시커먼 혼돈이 일어난다. 파천이다.

콰아아아!

백현은 자신이 관조하는 세상이 통째로 무너지는 것을 보았다. 크게 숨을 삼켰다.

"-!"

입에서 터져 나온 것은 거대한 외침이었다.

콰르르릉!

진격하던 파천이 그 일갈에 흐트러진다. 기를 폭주시키는 광란귀곡이 파천의 흐름을 다시금 엉키게 만들었고, 백현의 손이 뻗어졌다.

길게 뻗은 손가락이 파천과 닿았다. 백현은 손가락을 굽혔다. 그리고.

당겼다.

휩쓸렸다. 세상 전체가 요동쳤다.

손가락 하나, 그것으로 흐름의 중심을 점했고 당겼다.

힘은 충분히 있었고, 거기에 힘을 더했다. 가벼운 일수, 그 하나에 무의 정수가 담겼다.

세상의 중심에서 벌어지는 모든 일은 관조의 영역이다. 거대한 폭력이 파천과 함께 심연의 왕좌를 집어삼켰다.

백현은 뻗은 손을 내리려 했지만.

내리지 못했다. 손이 없었기 때문이다. 그 아득한 무를 체현하기에 인간의 육체는 너무나도 약했다. 육체는 사라졌으나, '빛'은 팔의 형태를 이뤄 백현의 앞에 있었다.

백현은 잠시 그것을 바라보며 눈을 깜박거리다가.

"하하."

웃었다.

파천에 휩쓸린 세상이 보였다. 그 아무것도 없는 세상에서 심연의 왕좌만이 서 있었다. 얼핏 보기에 상처 하나 없는 모습이었으나, 그는 더 이상 투지를 보이지 않고 있었다.

백현은 발을 뻗어 그에게 다가갔다.

한 걸음. 그를 걸었을 때.

파삭!

백현의 다리가 모래처럼 무너져 내렸다. 하지만 그의 몸은 균형을 잃고 기우뚱거리지 않았다.

그는 다시 한 걸음 더 걸었다. 반대쪽 다리마저 사라졌다.

"이런 기분은 처음이야."

백현은 계속해서 걸었다. 걸어나갈수록 그의 몸은 흩어져 사라졌다.

더 이상 백현은 자신의 모습을 볼 수 없었다.

하지만 시야는 암전되지 않고, 모든 것을 명확하게 보았다. 오롯이 서 있던 심연의 왕좌가 천천히 앉는다.

그 희끄무레한 모습마저, 이제는 잘 보였다.

그건 나였다.

심연의 왕좌는 백현의 모습으로, 백현의 얼굴로. 그를 올려 보고 있었다.

백현은 킬킬거리며 웃었다.

"언제부터였지?"

"네가 전 무령을 죽였을 때."

그때 처음, 심연의 왕좌의 목소리를 들었다.

"너라면 해줄 수 있다고 생각했다."

신격이 아닌 인간. 혼돈의 근원을 갈망하지 않고. 오직 자신을 위하는.

"네게 갈구했다."

그 가능성을 보았을 때, 심연의 왕좌는 백현에게 깃들었다.

백현은 자신의 몸을 내려 보았다.

빛으로 이뤄진 모습. 심연의 왕좌의 모습과 똑같았다. 심연의 왕좌가 백현이 된 것은 아니었고, 백현이 심연의 왕좌가 된 것은 아니었다. 일방적으로 깃들었고, 도움을 청했다. 자격이 없다고 말했다.

이제는 자격이 차고도 넘쳤다.

방해라면 부수고 가라. 그대로 되었다. 백현은 자신에게 '방해'였던 과거의 자신을 부수었다.

"버리지는 않아."

백현의 손이 심연의 왕좌를 향해 뻗어졌다.

"그건 아깝지."

이미 지나온 과거다. 쓰러뜨린 나다.

하지만 그 또한 '나'를 완성하는 것들. 모든 것이 그랬다. 심연의 왕좌는 '나'로서 나의 모든 것을 보여주었다. 쓸 수 있는 모든 것들을 선보였다.

그것들을 상대하며 확실히 알았다. 나는 약했던 적이 없다. 나는 언제나 강했다. 그리고 앞으로도.

"내게 뭘 바라지?"

"평온."

심연의 왕좌가 대답했다.

"안식."

그가 다시 말했다.

백현의 손이 심연의 왕좌의 손을 잡았다.

그것으로 충분했다. 그가 어떤 존재인지, 그가 왜 혼돈으로 회귀했는지. 그가 왜 다시 눈을 떴는지.

듣지 않아도 된다. 버리지 않겠다고 말했다. 먹어서, 내가 되는 이상. 나는 나를 이해할 수 있는 것이다.

"좋아."

거절하진 않는다.

심연의 왕좌에게는 결국 도움만 받았다. 몇 번이나 구명의 은혜를 입었고, 이제는 나를 완성하게끔 해주었다.

"넌 처음부터 가지고 있었다."

심연의 왕좌가 중얼거렸다.

"진즉에 탈각할 수 있었지."

백현은 심연의 왕좌를 일으켜 세웠다.

일어선 심연의 왕좌의 몸이 흩어진다. 흩어진 입자가 백현을 이룬 빛을 뒤덮었다.

"내가 그걸 막아서, 지금에야……."

"그 덕분에 지금의 내가 있는 거야."

백현은 웃으며 말했다. 빛으로 이루어진 몸뚱이에 육체가 덧씌워진다.

"빨리 탈각했으면 지금만도 못했겠지."

심연의 왕좌는 더 이상 없었다. 백현은 그라는 존재가, 바라는 대로 평온한 안식에 잠기는 것을 느꼈다.

백현은 손을 들어 자신의 얼굴을 어루만졌다.

환골탈태. 이걸 고작 그따위 것으로 말할 수 있을까. 하지만 아주 다른 말도 아니다.

백현은 기존의, 인간의 육체를 벗어내고 새로이 태어났다.

[신명(神名)은 정했나?]

머릿속에서 목소리가 들린다. 아주 피로한, 그러면서도 진한 만족감을 가진 목소리였다.

"무신마는 스승님에게 남겨줘야지."

그분이 다른 신명을 생각하고 있을지는 모르겠지만. 무신마라는 별호는 백현을 표현하기에는 부족했다.

[그럼?]

잠겨 드는 질문에, 백현은 히죽 웃었다.

"무신(武神)."

고작 한 글자가 빠졌을 뿐이지만, 그쪽이 백현은 더 마음에 들었다.

[오만하군…….]

심연의 왕좌가 큭큭 웃었다.

"오만할 것도 없지. 딱 맞으니까."

백현은 양손을 들어 올렸다.

짝.

마주친 박수에 세상이 흩어졌다.

백현은 무너져 내린 혼돈이 모조리 자신의 흐름에 삼켜지는 것을 보며 고개를 돌렸다.

주저앉은 리셀이 넋이 나간 얼굴로 이쪽을 보고 있었다.

[부탁한다.]

나른한 목소리로 심연의 왕좌가 말했고.

"잘 자라."

백현은 마주친 손을 내리며 대답했다.

리셀은 멍하니 뜬 눈을 끔벅거리며 백현을 응시했다. 박수친 손을 내린 백현은 자신의 몸을 내려 보고 있었다.

환골탈태를 끝낸 몸은 자신의 것임에도 아직은 영 실감이 들지 않았다. 무언가 큰 변화가 일어났다는 것은 느껴졌지만, 그 변화가 무엇인지는 명확하게 알 수가 없었다.

"흠."

백현은 손을 한번 쥐어보았다.

탈각은 이루었다. 심연의 왕좌는 백현과 하나가 되었고, 혼돈의 근원 또한 백현에게 삼켜졌다.

그것으로 백현은 심연의 왕좌가 무엇인지, 혼돈의 근원이 무엇인지 이해하게 되었다.

심연의 왕좌는 불안정한 존재였다. 혼돈에서 태어난 그는 분명히 존재하기는 했으나, 뚜렷한 자아는 갖지 못했다.

그런 심연의 왕좌가 태어난 혼돈으로 회귀하는 것은 당연한 수순이었다. 그는 자신이 존재해야 할 필요성마저도 가지고 있지 않았다.

혼돈은 불온하고 불안정하다. 그를 근원으로 태어난 심연의 왕좌 역시 불온하고 불안정했다.

뚜렷하지 못한 자아가 유일하게 추구하던 것은 평온과 안식. 그래서 회귀했다. 자신의 존재를 혼돈 깊숙이 묻고, 그 무엇에도 방해받지 않은 영원의 잠을 원했다.

그 유일한 갈망은 이뤄지지 않았다. 심연의 왕좌가 바라였던 평온과 안식을 혼돈은, 어비스는 바라지 않았다.

그렇게 어비스가 열렸다. 이뤄지지 않을 갈망을 가진 신격들이 앞다투어 어비스로 들이닥쳤다.

혼돈의 대폭주는 심연의 왕좌의 잠을 깨웠다.

신격들이 착각하는 것이 있다. 심연의 왕좌가 어비스의 주인이라는 것이다.

아니다.

어비스는 혼돈이 가득 찬 세상이고, 그 어비스가 심연의 왕좌의 탄생과 함께 태어난 것은 사실이지만. 심연의 왕좌는 어비스를 낳은 어버이가 아니었고, 주인도 아니었다.

둘 다, 거대한 혼돈에서 파생되었을 뿐이다. 서로 다르다. 추구하는 것마저 다르다.

심연의 왕좌는 평온과 안식을 바랐고, 어비스는 더 큰 혼돈을 바랐다.

깨어났지만 막을 수 없다. 혼돈으로 회귀하면서 심연의 왕좌는 이 사태에 간섭할 만한 존재가 아니게 되었다.

그래서. 직접 할 수 없으니까, 대신해 줄 존재를 찾았다.

신격은 안 된다. 그들과는 '섞일 수' 없다.

유일한 예외라 할 신격이 있었다. 혼돈을 이해하고, 융화까지 이룬 역천자.

하지만 그를 선택한다는 것은 어불성설이다. 그는 평온과 안식이 아닌, 더 큰 혼란과 혼돈의 광신도였다.

다른 신격들. 섞일 수 없다는 것을 배제한다고 해도 선택할 수는 없다. 추구하는 것이 너무나도 달랐다.

그들은 각자가 나름의 갈망을 가지고 있었고, 그들의 갈망은 자기만족에 국한되지 않았다.

그리고 백현이 어비스에 들어왔다.

처음 본 순간부터 주목했다.

그는 틀림없는 인간이었다. 그럼에도 인간이라 믿을 수 없을 정도로 강했다.

튜토리얼에서 수많은 신격이 백현을 주목했을 때, 심연의 왕좌도 백현을 주목했다.

그러나 선택하지는 않았다. 더할 나위 없는 재목이기는 했으나 자신의 바람을 이루어주리란 확신은 없었다.

그럴 만도 했다. 백현이 어비스에서 보인 행보는, 심연의 왕좌가 바란 평온과 안식과는 아득한 거리를 두고 있었다.

백현은 정말 제멋대로 날뛰었고, 신격들에게 싸움을 걸었다.

선택하기로 마음먹은 것은 백현이 무령을 쓰러뜨렸을 때다.

주어진 신격을 거부할 때.

역천자와 대적할 때.

백현의 광폭함은 철저하게 자기 자신의 만족과 욕망, 무(武)의 완성에 집중되어 있었다.

그는 남에게 받는 신격을 거부하며 혼돈의 사도가 된 역천자의 대적자가 되었다.

하지만 그때까지도 심연의 왕좌는 백현에게 뚜렷한 확신을 갖지는 않았다. 하지만 시간이 흐르면서, 역천자는 보다 과감한 행동을 시작했고 백현은 쭉 그와 대적했다.

시간은 많지 않았다. 역천자가 언제 혼돈의 근원을 완성해 어비스를 폭주시킬지는 알 수 없었고, 그 와중에 심연의 왕좌가 요람으로 삼은 혼돈의 근원은 위치엔드에 의해 계속해서 약해지고 있었다.

그리고 결국.

심연의 왕좌는 늦지 않았다. 그는 백현이 자신에게 평온과 안식을 줄 것임을 믿었고, 역천자를 막아줄 것 또한 확신했다.

심연의 왕좌는 그렇게 잠들었다. 결코 깨어나지 않을 영원한 잠. 그는 바라던 대로 태어난 혼돈에 완전히 회귀했고, 잠들어- 소멸했다.

"조금 다를 거야."

백현은 쥐었던 손을 펼치며 중얼거렸다.

"나라고 무조건 평온과 안식을 바라는 것은 아니거든."

심연의 왕좌도 그것은 이해했다. 존재를 잃었던 심연의 왕좌는, 백현에게 깃들어 백현이 되었다.

자기 자신을 이해하지 못했을 리가 없다. 백현은 결코 평온과 안식을 바라지 않는다. 그는 여전히 지독히도 파괴적인 광기를 품고 있다.

하지만 그 광기는 어비스와 역천자의 바람과는 명백하게 다르다. 그러니 안심하고 부탁을 남긴 것이다.

백현은 피식 웃었다.

일방적으로 넘겨받았다는 생각은 들지 않았다. 죽이고 싶은 놈을 죽일 이유가 더해졌을 뿐이다.

"아직 소멸은 안 했죠?"

백현은 고개를 돌려 리셀을 쳐다보았다. 리셀은 그제야 벌렸던 입을 다물었다.

혼돈의 근원이 사라졌다…… 위치엔드의 존재는 소멸 직전에서 멈췄고, 아직 남아 있었다.

리셀은 떠듬거리며 말했다.

"……네, 네."

"미안해요. 당신의 자살을 방해하고 싶지는 않았는데."

"……개죽음이 될 뻔한 것보다는 낫지. 그리고 나는 예정대로 소멸할 거예요."

"꼭 그래야겠어요?"

"신격으로 존재하는 것에 느낀 염증은 그대로 남아 있으니까…… 혼돈의 근원을 안고 소멸하려고 했는데, 이제는 그냥 자기희생도 안 되는 자살이 되어버렸지만. 그것보다……."

리셀은 꿀꺽 침을 삼켰다.

빛이 나는 것도 아닌데 눈이 부시다. 정확히 말하자면, 쳐다보는 것이 힘들다.

백현이 휘감은 통제하지 않은 거대한 신력이. 마녀의 종말이라 금기시되던 위치엔드의 신격을 위압시킨다.

"……좀, 갈무리라도 하면 안 될까요?"

리셀은 주춤거리며 뒤로 물러섰다.

리셀은 인간이다. 마주하는 것만으로도 버겁다.

"아, 미안해요. 이제 막 신격이 되어버려서, 영- 감이 안 잡히네."

백현은 그렇게 말하면서 호흡을 가다듬었다. 내공을 갈무리하는 느낌…… 인가?

우우우우!

백현의 주변을 떠돌던 거대한 '신력'이 모조리 백현의 안에 갈무리되었다.

여기서 더.

백현은 정신을 집중했다. '힘'의 본질이 다르다고는 하지만 경험이 아주 없는 것은 아니었다.

화악.

백현의 존재감이 크게 부풀었다가, 본래대로 돌아왔다.

후, 하고 몰아 뱉은 호흡과 함께 백현은 고개를 휘휘 저었다.

"이렇게?"

감이 안 잡히더라니. 말도 안 되는 거짓말을……! 리셀은 질려 버렸다는 표정으로 백현을 쳐다보았다.

저 정도로 신력을 완벽하게 갈무리하다니. 오랫동안 신격으로 존재해 온 신격들도 쉽지 않은 일인데.

존재가 거대하다면 그만큼 '흘려내는' 것도 많을 수밖에 없다. 하지만 지금의 백현은 아무것도 흘려내지 않는다. 너무 커서 바깥으로 흘러넘치던 신력을, 완벽하게 몸 안에 갈무리했다. 그럼에도 본신은 흔들리지 않고 고요하다.

"반박귀진 같은 느낌?"

백현은 고개를 갸웃거리며 중얼거렸다.

극한에 이른 무공, 넘치는 존재감과 내공을 몸 안에 완벽히 갈무리하는 경지.

힘의 본질이 다르다고는 해도 결국은 '힘'. 요령은 이미 알고 있으니, 힘들지도 않았다.

"이 정도면 시내도 돌아다닐 수 있겠죠?"

"……까딱해서 풀어낸다면 전대미문의 대학살이 일어날 거야."

"그건 예전에도 그랬는걸."

인간이었던 시절에도 작정하고 내공을 풀어냈다면 대학살이 일어났을 것이다.

백현은 벙긋 웃으며 말했다.

"그래도 아직 실감이 잘 안 되네. 리셀 님, 내가 뭐로 보여요?"

"인간이라고 말해 달라는 것은 아니죠?"

"인간이 아니게 되었다는 건 나도 알아요."

"……신격…… 으로 보여. 말도 안 되지만, 압도적으로 강한 대신격으로."

리셀은 꿀꺽 침을 삼켰다.

고작해야 수십 년을 산 인간. 다수의 숭배나 경외를 받은 것도 아니다.

하지만 백현이 이룩한 일들은 틀림없는 '신화'의 영역이었다. 오히려 '백현'이라는 인간의 역사가 짧기에, 그가 이룩한 일들은 틀림없는 대신화의 영역이다.

그 짧은 역사에서 신격들을 쓰러뜨려 왔다. 인간의 몸으로 마왕이 되기도 했고, 죽어 명계에 가기도 했으며, 마왕을 패배시키기도 했다.

어비스의 신격 중에 그만한 신화를 이룬 이들이 있나? 신격, 초월자가 되기도 전부터 신격들과 겨루고 승리하고, 살아남고, 죽고, 되살아나고! 그런 신화를 이룬 이들이 있나?

없다. 수많은 마녀를 파멸시켜 온 위치엔드도. 멸룡전을 일으켜 세상의 모든 용을 죽인 마룡왕도. 세상 하나를 통째로 멸망시킨 퓨어세인트도.

그들은 '처음부터' 그것이 가능한 존재였다. 초월종, 마도서, 저주. 인간은 아니었다.

하지만 백현은 인간이다. 천무성이라는 경이적인 재능을 타고났다고 해도, 그의 본질은 인간이었다. 그것도 오십 년도 살지 않은 인간.

"……널 뭐라고 불러야 하죠?"

리셀은 꿀꺽 침을 삼키며 물었다. 신격이 되었다면 마땅한 신명으로 불러야 한다.

백현은 고민 없이 대답했다.

"무신."

"무신……? 자칭인가요? 내가 알기론, 널 무신이라고 부르는 존재는 한 명도 없어요."

"왜 없어요?"

백현은 손을 들어 자신을 가리켰다.

"내가 나를 무신이라고 부르고."

그 뒤에, 백현은 손가락을 옮겨 자신의 머리를 가리켰다.

"심연의 왕좌가 내가 무신임을 알고."

이어서, 리셀을 가리켰다.

"이제는 당신도 내가 무신이라는 것을 알게 되었어요."

"……하하! 무식하기 짝이 없는 신앙의 강요군요. 그래, 신격이 된 너는. 자기가 누구인지, 어떤 '신명'을 가지고 있는지 모두에게 깨닫게 할 셈인가요?"

"기왕이면 많은 사람이 날 무신이라고 불러주는 게 좋잖아요?"

"좋아요, 무신. 당신이 그렇게 불리고 싶다면, 불러주지 못할 것도 없지. 그래서…… 무신은 이제부터 뭘 할 생각이죠?"

백현은 어깨를 으쓱거렸다.

"우선 인지를 좀 해야 할 것 같아요."

"인지?"

"내가 정말 신격이 되었다는 것도 그렇고. 다른 신격들한테도 좀 알려줘야 하지 않겠어요?"

백현은 빙긋 웃으며 말했다.

리셀은 잠시 눈을 깜박거리다가 마주 웃었다.

"……다수의 인간보다는 신격들에게 먼저 인정을 받으시겠다. 하긴, 다짜고짜 세상을 아래에 두고 떠드는 것보다는 신격들의 인정을 얻는 것이 빠르고 효율적이죠. 그들은 수많은 인간의 숭배를 받는 존재니까. 그들의 인정은 인간의 인정보다 훨씬 가치가 있죠."

"인사도 좀 해야 하고. 귀찮을 것도 없잖아요? 마침 근처에 들 있으니."

백현은 그렇게 말하면서 걸었다.

그는 순식간에 리셸을 지나쳤다.

"리셸 님이, 아니, 위치엔드 님이 바라는 것도, 결국 평온함인 거죠?"

"……신격으로 사는 것이 질렸으니까."

"구체적인 꿈은 없어요?"

"위치엔드가 소멸하고, 세상이 조금 평화로워진다면…… 음. 도심지에서, 아침에 빵을 배달받고…… 신문이나…… 핸드폰을 보면서 빵으로 아침 식사를. 개나 고양이를 키우면서, 낮에는 개를 산책시키고 돌아와 고양이를 어루만지며…… 그렇게 살고 싶네요."

"재미없을 것 같은데."

"질리면 다른 거라도 하죠. 신격이 못 하는, 인간이 할 수 있는 일들."

백현은 히죽 웃었다.

"당신은 심연의 왕좌랑 닮았어요."

"네?"

"그도 존재에 염증을 느꼈거든. 평화롭고, 조용히 잠이나 퍼자고 싶어 했어요."

백현은 그렇게 말하며 손을 들었다.

쫘악!

성역의 문이 강제로 열렸다. 그것을 본 리셀의 어깨가 움찔 떨렸다.

아무리 위치엔드가 소멸되어 가며 약해져 있었다지만, 자신의 것도 아닌 성역의 안에서 공간을 열어버리다니!

"희생하려 해줘서 고마워요."

백현은 자신이 연 문으로 걸어나가며 말했다.

리셀은 밖으로 사라지는 백현을 멍하니 보다가 헛웃음을 흘렸다.

"……고맙다니……."

자기만족뿐인 희생이었는데, 설마 감사를 듣게 될 줄은 몰랐다.

나쁜 기분은 아니었다.

7장
여기부터

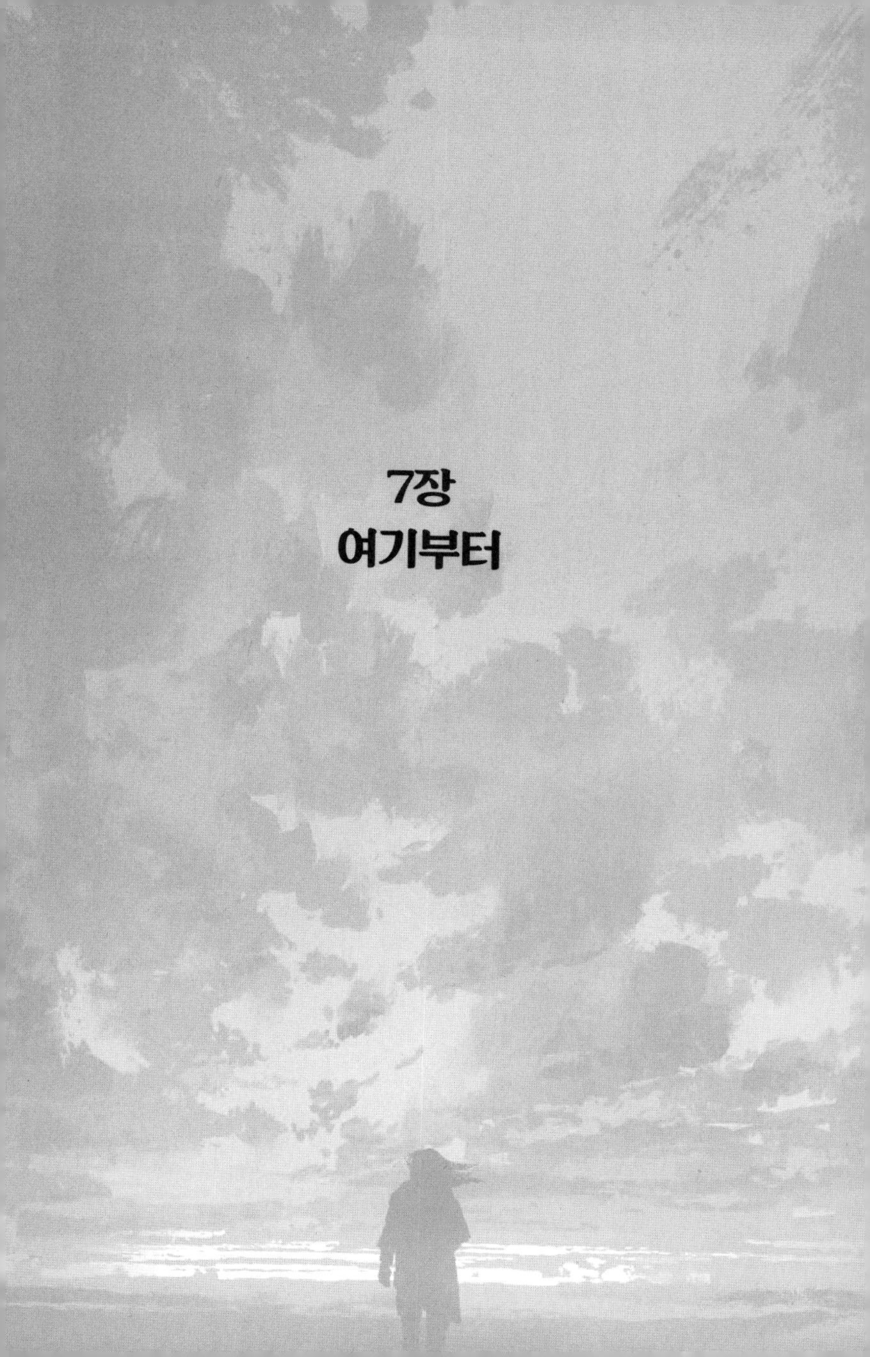

백현은 판도라를 뒤로했다.

세상을 거니는 것에 조금의 위화감이 있었다. 너무나도 거대한 존재. 행보 하나하나가 세상을 흔든다.

신격에게 가해지는 제약. 하지만 위화감은 부자유가 되지는 않는다.

백현의 심안은 이 세상을 이룬 법칙을 보고 있었다.

어비스의 침식…… 아마존에만 국한되지 않았다. 이 세상은 이미 어비스와 밀접하게 연결되어 있었다.

수많은 신격이 날뛰던 어비스가 오 년 동안 그 인과율을 감당했듯. 이 세상도 '당장'은 붕괴하지 않는다.

'하지만 불안정해.'

어떤 규모의 일이 일어나느냐에 따라, 세상 자체가 무너질 수도 있다. 신격이란 그런 존재다.

그나마 다행인 것은, 심연의 왕좌와 혼돈의 근원이 백현과 하나가 되었다는 것.

덕분에 어비스는 크게 안정되어, 어지간한 일로 대폭주가 일어나지는 않을 것이다.

하지만 역천자가 새로운 혼돈의 근원을 만든다면. 그것을 폭주시킨다면…….

"그럼 안 되지."

목표는 바뀌지 않는다.

타인에게 부탁받은 것과 자기만의 사심. 퓨어세인트와 역천자는 '치워야' 한다.

그 둘만은, 반드시.

'부탁받았으니까.'

하겠다고 했으니까.

그전에.

백현은 성역들 사이를 걸었다. 자신을 향한 시선들이 완전한 경악으로 바뀐 것을 느끼면서.

"우선은."

백현의 걸음은 철혈궁의 앞에서 멈추었다.

"여기부터 할까."

백현은 방긋 웃으며 철혈궁의 문을 열었다.

문을 여는 것에 큰 저항감은 없었다. 저쪽에서 침입을 불허하지 않았기 때문이었다.

오는 것을 굳이 가로막을 사이가 아니기도 했지만, 그럼에도 문을 활짝 열어 반기지 않았다는 것은.

'궁금해서겠지.'

백현은 철혈궁의 전경을 내려 보며 생각했다. 그의 몸은 아래로 추락하지 않고 자연스럽게 하늘에 떠 있었다.

백현은 철혈궁의 황야를 잠시 내려 보다가 발을 뻗었다.

슈욱!

그는 순식간에 하늘을 가로질러, 높다란 철혈궁의 성벽을 넘어 그 안까지 이동했다.

"너무 예의가 없나?"

"이제 와서 그런 걸 따질 생각은 없다만."

백현은 웃으며 물었고, 대답은 곧바로 돌아왔다.

뒷짐을 지고 선 무령은 놀란 표정으로 백현을 응시하고 있었다.

"드디어?"

그 질문에, 백현은 고개를 끄덕거렸다. 두 눈을 깜박거리며 백현을 보던 무령이 낮은 웃음을 터뜨렸다.

"이거 참, 예상했던 것보다 빠른 것도 놀랍고…… '다른 것'

도 놀랍군."

"달라? 뭐가?"

"예상했던 것보다 훨씬, 제대로 된 신격이 되었잖나."

무령은 그렇게 말하면서 등 뒤의 의자에 털썩 앉았다.

그가 백현을 보는 눈에는 다양한 감정이 얽혀 있었다. 인간으로서 신격이 되었다는 것에 대한 경의. 축하. 그리고…… 조금의 부러움까지.

무령은 그런 스스로가 민망하여 쓴웃음을 지었다.

"부러워하게 되는 것은 어쩔 수 없나. 너무 비웃지는 말게."

전대 무령도, 그리고 지금의 무령도. 한때는 인간이었고, 백현처럼 무를 통해 신격이 되기를 갈망했다. 결국 그 바람은 이뤄지지 않았지만, 갈망은 여전히 남아 있었다.

"비웃은 적 없어. 그런데, 제대로 된 신격이라는 건 무슨 말이야?"

"말 그대로. 난 네가 신격이 된다면, 지금보다 훨씬 난폭한 악신이 될 거라고 생각했다."

악몽의 결정자가 말해주었던 것과 똑같았다.

백현은 피식 웃었다.

그런 악신이 되는 것도 선택지 중 하나는 되었다. 바란다면, 그런 악신이 될 수도 있었다. 여전히 그렇게 되는 것도 제법 만족스러울 것 같기는 했다.

"지금도 좋잖아. 안 그래?"

그렇지만, 하지는 않았다. 악몽의 결정자의 말들이 끝내 백현이 선택할 수 있는 악신의 길을 가로막았다.

당연히 가지고 있는 것들. 당장 필요 없다고 생각하여 버리게 되면, 언젠가는 반드시 후회하게 된다고.

백현은 그런 신격들을 잘 알고 있었다. 퓨어세인트가 '정말로' 뻔뻔스러운 후회와 죄책감에 의하여 망령수를 정화하고 있는 것인지는 알 수 없었으나. 그녀가 망령수를 정화하고 있다는 것은 사실이다.

그리고 당장 눈앞에 있는 무령도. 백현에게 패배했던 전대의 무령도. 인간으로서 당연히 가지고 있던 것을 포기하여 마신과 계약했고, 그렇게 신격이 되어 쭉 후회와 결코 해소되지 않을 갈망을 품었다.

악신으로서의 삶도 즐겁기는 할 것이다. 자신의 욕망 외에 아무것도 신경 쓰지 않고, 무조건적인 파괴와 난동만을 일으키는 것도 즐겁겠지.

하지만 언젠가, 언젠가는…… 악몽의 결정자와 무령이 그랬던 것처럼, 후회하게 될지도 모른다.

그런 후회를 안고 싶지는 않았다. 버리지 말고 모조리 씹어 삼킨 결과가 지금의 백현이었고, '그'라는 존재를 이룬 신격이었다.

"룽이 마음에 들었어?"

백현은 주변을 둘러보며 물었다. 무령의 비호 아래에 있는 철혈궁에 피신시켰던 라이 룽의 모습이 보이지 않았다.

갑작스러운 말이었지만 무령은 당황하지 않았다. 그는 천천히 고개를 끄덕거리며 말했다.

"용성군이 비록 진짜 신격은 아니었다지만, 그의 눈에 들어온 라이 룽의 자질은 진짜였다. 지금 같은 상황이니, 나로서도 넋 놓고 보고만 있을 수는 없었지."

그 대답에 백현은 빙긋 웃었다.

무령은 라이 룽을 사도로 삼았다.

갑작스럽기는 하지만, 무령이 라이 룽을 사도로 삼은 것은 이상할 일이 아니었다.

지금 같은 상황. 성역이 현계로 강림한 지금, 신격의 존재는 보다 인간에게 가까워졌다.

하지만 신격이 직접 강림하여 날뛰는 것은 여러모로 리스크가 크다.

거기서 필요한 것이 뛰어난 사도. 전대 무령의 사도였던 박준환이 죽은 후, 무령의 사도 자리는 쭉 공석이었다. 그 공석이 라이 룽으로 채워진 것이다.

"안부나 묻기 위해 여기까지 온 건가?"

"아니, 인정을 얻으려고 왔지."

백현은 히죽 웃으며 대답했고, 무령은 그럴 줄 알았다는 듯이 웃었다.

그는 팔걸이에 올린 손을 쥐었다 펴며 말했다.

"인정…… 인정이라. 해주지 못할 것도 없지. 그래, 네 신명은 무엇이지?"

"무신."

"오만하군."

무령이 큭큭 웃는다.

무신이라는 이름. 특이하다 할 것도 없다. 그가 인간이고, 무림에서 살았던 시절. 스스로를 무신이라 자칭하거나, 무신이라 불리던 인물은 많지는 않았어도 없지는 않았다.

무도를 걷는 자라면 누구나 '무신'이라 불리는 것을 한때의 소망으로 삼거나, 평생의 소망으로 삼을 것이다.

하지만. 지금 무령의 앞에서, 스스로를 무신이라 자처하는 이는 인간이 아니다.

무령은 쥐었다 펴던 손을 멈췄다. 그는 즐거운 웃음을 지으며 말했다.

"네가 신격이라는 것을 인정하는 것은 쉬운 일이나, 무신이라…… 한때 무도를 걸었고, 벗어났고, 다시 걷기로 한 자로서 쉬이 인정할 수는 없군."

"어울린다고는 생각 안 해?"

"어울린다."

백현은 짓궂은 미소를 지으며 물었고, 무령은 고개를 끄덕거리며 대답했다.

"얄밉게도 잘 어울려. 너만큼 무신이라는 신명에 어울리는 신격은 없겠지. 하지만, 어울린다고 생각하는 것과 인정은 달라."

무령이 몸을 일으킨다. 백현은 오싹거리는 위압감을 느끼면서 목을 좌우로 꺾었다.

"너라면 그렇게 나올 줄 알았어."

"나도 안다. 너라면, 내가 이렇게 나와줄 것을 기대하고 날 찾아왔겠지. 네 손바닥 위에서 놀아나는 것 같기는 하지만……."

흥미가 있는 것은 무령도 마찬가지다.

무령의 몸을 휘감고 있던 용포가 흩어져 사라졌다.

고작 그것뿐이다. 하지만 다르다. 거대한 위압감이 공간을 짓누른다.

이곳은 철혈궁, 그곳에서도 무령이 거주하는 궁주의 방. 무령이라는 신격의 존재감이 백현을 휘감았다.

"어우."

백현은 어깨를 움츠리며 앓는 소리를 냈다.

성역 안에서 그 주인이 힘을 과시한다. 몇 번 겪어보기는 했으나, 지금의 위압감은 과거의 경험에 비할 데가 아니었다.

예전의 백현은 아무리 강하다고 한들 성역의 안에서 신격을 대적할 정도는 아니었다. 그렇기에 그들은 진심으로 백현을 적으로 삼은 적이 없었다.

"이런 느낌이구나."

하지만 지금의 무령은 진심으로 백현을 적으로 삼았다. 어깨를 움츠린 백현의 너스레에 무령은 입꼬리를 비틀며 웃었다.

"안 어울리게 점잖은 척하지 마라. 몸이 달아서, 어떻게든 시험해 보고 날뛰고 싶어서 온 것 아닌가?"

"맞아."

백현은 부정하지 않았다.

쾅!

보이지 않는 힘이 백현이 있던 공간을 통째로 짓뭉갰다.

무령은 여전히 뒷짐을 지고 있었고, 출수하지 않았다.

"신격의 싸움은 아직 익숙하지 않아."

특히 성역에서 싸운다는 것은.

그 중얼거림에 무령은 반응하지 않았다.

손바닥 위에서 놀아나는 것. 하지만 불쾌하지는 않다. 몸이 달아서, 어떻게든 시험해 보고 날뛰고 싶다는 것은 피차일반이다.

연리운. 그가 무령이라는 신격이 되어 싸우는 것은 이번이 처음이었다.

"타 신격의 성역에서 싸우는 것은 오만하고 미련한 짓이다."

무령이 중얼거렸다.

그는 천천히 발을 들어 한 걸음 앞으로 걸었다.

백현의 움직임은 이미 속도라는 개념을 초월해 있다. 그럼에도 무령은 백현의 '움직임'을 확실히 간파하고 있었다.

이곳이 철혈궁이기 때문이다. 하위 신격이라도 제 성역 안에서는 대신격과 대적할 수 있다.

감각 밖을 도는 백현의 움직임은 경이적이나, 결국 백현은 이 성역 안에 있다. 그런 이상 무령의 간파를 벗어날 수 없다.

백현도 그 사실은 잘 알고 있었다. 그럼에도 왔다. 무령이 싸워줄 거라고 생각해서.

하지만 무령이 자비를 베풀어줄 것이란 생각은 하지 않았다.

무령은, 연리운은 신격이 되기 전부터 백현을 존중했다. 그가 정녕 백현을 존중한다면 이 상황에서 자비 따위를 베풀어선 안 된다.

콰과광!

엄습해 온 적의가 공격이 되고, 무령의 몸이 빙글 돌았다. 유아한 손짓이 허공에 잔상을 만들었다. 파천강기가 그 장법과 격돌해 분쇄된다.

백현은 뒤로 끌었던 발을 튕기며 무령에게 튀어나갔다.

무령은 서두르지 않고 백현이 다가오는 것을 기다렸다. 그의 전신을 눈부신 신력이 휘감았다.

신격의 간격은 인간의 것과 아득히 다르지만, 서로의 '손'이 서로를 침범할 만한 거리가 되었을 때. 무령의 손이 먼저 출수했다.

창끝처럼 재빨리 쏘아진 손이 백현의 손목을 잡으려 들었다. 그 순간에 백현의 손이 꿈틀거렸다.

파바박!

뒤섞인 소리가 고속의 공방이 이뤄졌음을 증명했다. 무령의 턱 끝이 당겨진다. 장악된 성역의 위화감. 심안을 비롯한 모든 감각이 이변의 징조를 알렸다.

그 직후, 백현의 움직임이 멈칫 굳었다. 신격의 존재가 통째로 압박된다.

그로 인한 찰나의 멈칫거림, 무령의 일장이 작렬하기는 충분했다.

소리 없는 타격이 백현의 가슴을 때려 밀쳤다. 백현은 붕 떠올랐다가, 허공에서 빙글 몸을 돌아 땅에 착지했다.

"과연."

백현은 울렁거리는 가슴을 엄지손가락으로 꾹 누르며 중얼거렸다.

성역에서 그 주인과 싸운다는 것이 어떤 의미인지, 방금 전에 확실히 알았다.

감지했다고 해서 대응할 수 있는 것이 아니다. 특히나 고속의 공방에서는 더더욱.

'천존이 혈사자를 패퇴시켰다더니.'

둘과 모두 싸워본 입장이니, 둘의 전력 차이가 까마득하다는 것은 알고 있다. 그만한 차이를 메우는 것이 성역이란 장소의 특이성이다.

그토록 강한 마룡왕이라도, 타 신격의 성역을 침략하지 않는 것에는 그만한 이유가 있는 것이다.

"괴물은 괴물이야."

무령은 그렇게 중얼거리며 삔은 손을 힐긋 보았다. 손목에 시뻘건 손자국이 깊게 남아 있었다.

가슴팍을 얻어맞는 순간, 그 찰나의 짧은 틈에 백현은 무령의 손목을 잡아 꺾으려 들었다.

"조금 느렸어."

"그만한 대응이 가능하니까 괴물인 거다."

익숙하지 않아서의 문제가 아니다. 이 성역이 가진 저지력 때문이다. 철혈궁은 무령의 패배를 바라지 않는다.

"비겁하다고 생각하나?"

"전혀. 알고서 싸우자고 한 건 나야."

퉤. 백현은 입안의 피를 뱉어내며 말했다.

우둑.

무령은 아작 난 뼈를 새로이 만들며 고개를 끄덕거렸다.

"그렇겠지. 하지만…… 무신이란 신명을 인정해 주기는 부족하단 생각은 하지 않나?"

"벌써 말하지는 마."

백현은 가슴을 툭툭 털며 말했다.

"고작 이 정도가 전부였으면, 나도 부끄러워서 무신이라고 떠들지 않았어."

뭔가.

무령은 눈을 가늘게 뜨고 백현을 쳐다보았다. 뭔가…… 무엇이라 뚜렷하게 말할 수 없는 그런 위화감. 전혀 다르다는 이질감이 뒤섞여서…… 기묘했다.

이곳은 철혈궁. 백현이 인간이었을 적부터 괴물처럼 강하다는 것은 몸으로도 체험해 보았다.

거기서 더 나아가 완전한 탈각까지 이루었다. 지금의 백현은, 바로 방금 전에 신격이 되었다고 생각할 수 없을 정도로 강력했다.

하지만 그것뿐이다. 무신이라 불릴 정도는 아니다. 알 수 없는 자신감. 그것이 위화감의 이유인가?

아니, 아니다. 그것과는 다르다.

"버티겠지?"

백현은 작은 소리로 중얼거렸다.

그 중얼거림의 의미는 알 수 없었으나, 무령은 기묘한 위화감에 이끌리듯 움직였다.

성역의 압박이 백현을 덮치고, 무령의 주먹이.

"대체 뭐야……?"

굉음, 거대하고 끔찍한 불길함. 그것에 이끌려 달려온 라이룽은, 넋이 나간 얼굴로 앞을 보았다.

잔재한 힘들이 오싹해 소름이 돋는다. 대체 무슨 일이 벌어졌던 것인지 짐작조차 되지 않았다.

하지만, 의심의 여지 없는 확실한 결과가 눈앞에 있었다.

무너진 철혈궁의 잔해 위에서 무령은 한쪽 무릎을 굽히고 시커먼 피를 토하고 있었다.

그와 조금 떨어진 곳에 백현이 휘청거리고 있었다.

"후우."

그는 가늘게 떨리는 다리에 힘을 주고서 섰다. 그 뒤에, 일어난 파괴의 흔적을 신기하다는 표정으로 돌아보았다.

"이…… 미친……!"

주저앉지 않은 것은 굽혀지고 싶지 않다는 자존심 덕이었다. 무령은 양손으로 무릎을 받치며 욕설을 내뱉었다. 그리고 뭐라고 더 말을 하려다가, 다시 피를 토해냈다.

몇 번 더 피를 토한 무령은 끔찍하단 얼굴로 백현을 쳐다보았다.

"이 미친놈……! 어떻게 이런 무식한 짓을……!"

"도중에 멈췄잖아."

"당연히 멈췄어야지! 끝까지 했다가는 성역 자체가 붕괴했을 거다!"

무령은 어이가 없어서 고함을 질렀다.

백현은 그 외침을 들으며 몸을 더럽힌 흙먼지를 털어냈다.

"셌어?"

무령의 입술이 꾹 닫혔다.

"백은 넘었는데, 몇 대였지?"

"……쉰일곱까지는 막았다. 스물하나는 피했고. 그 뒤는……경황이 없어서 모르겠군."

"널 때린 게 백 대였던 것 같은데."

"닥쳐라."

무령은 내뱉다 말고 입술을 우물거렸다.

퉤! 그의 입안에서 박살 난 이빨의 파편이 튀어나왔다.

"더 해야 돼?"

백현은 흐뭇한 미소를 지으며 물었다.

"빌어먹을 무신 놈."

무령은 패배감보다는, 짜증을 가득 담아서 씹듯이 내뱉었다.

8장
경외

"대체 뭐였던 거야……?"

꽤 오랜만의 재회기는 했지만, 그에 대한 해후를 나눌 기분은 아니었다.

라이 룽은 떠듬떠듬 물어보면서 주변을 둘러보았다.

굳건하던 성은 처참하게 무너졌고, 무령의 왕좌는 잔해 속에 처박혀 머리만 간신히 비친다.

보이는 것부터 그랬고, 그보다 더 알 수 없는 것은 이곳에 잔재한 끔찍하고 불길한 기운들이었다.

"오랜만이라 반갑다, 그런 말은 안 해?"

백현은 웃으며 물어보았다. 그 말에 라이 룽은 얼떨떨한 얼굴로 백현을 돌아보았다.

마주한 것만으로도 알아차렸다. 백현은 더 이상 인간이 아니었다.

잠시 머뭇거리던 라이 룽은 꾸벅 고개를 숙였다.

"……신격이 되신 것을 축하드립……."

"에이, 그러지 마. 그냥 편하게 말해, 편하게."

백현은 질색이라는 표정을 지으며 손사래를 쳤다.

"……축하해. 그리고, 고마워."

덧붙인 감사의 말에 백현은 피식거리며 웃었다.

"감사는 내가 아니라 마룡왕에게 해야지."

"……언젠가 기회가 된다면 말이야."

그렇게 대답하는 라이 룽의 표정은 씁쓸함이 진하게 묻어 있었다.

대의를 위해. 죽은 용성군이 입버릇처럼 덧붙이던 말이다.

결국 그건 아주 거짓말이 아니었다. 파괴적인 이상론이었지만 용성군의 신념은 진짜였다.

그렇기에 라이 룽은 용성군을 마냥 증오할 수는 없었다. 그가 주장하고 이루고자 한 대의와 이상에 공감은 할 수 없었으나, 용성군이 자신의 신념을 위해 발악한 것은 틀림없었기에.

"그래서, 뭘…… 한 거야?"

어떻게 신격이 되었느냐에 대해서는 묻지 않았다.

물을 필요가 없는 질문이었다. 백현의 힘이라면 이미 진즉에 신격이 되었어야 한다.

라이 룽이 궁금한 것은 백현이 신격이 될 수 있었던 이유 따위는 아니었다.

이 상황.

철혈궁이 무너졌다. 무령이 피를 토하며 무릎을 굽혔다. 둘은 싸웠고…… 무령이 패배했다. 다른 장소도 아니고, 무령이 지배하는 성역에서.

'끝까지' 했다면 성역 자체가 붕괴했을 거라고?

'어떻게 그럴 수 있다는 거야?'

"싸웠고, 졌다."

대답한 것은 무령이었다.

"그것이 전부일 뿐."

비틀거리며 일어선 무령이 말했다. 창백했던 얼굴이 혈색을 되찾았고, 무령은 다시 용포를 걸쳤다.

그가 손을 휘젓자 무너졌던 철혈궁의 건물이 다시 복원되기 시작했다. 하지만 매끄럽지는 않았다.

무령은 물속처럼 일렁거리는 풍경을 보며 눈을 찡그렸다.

"오기로라도 인정하고 싶지 않은데, 보고 겪었으니 인정하지 않을 수도 없겠군. 무신. 나, 철혈궁주인 무령은 널 인정한다. 이것으로 되었나?"

"화났어?"

"이 지독한 부조리함에 화가 난다."

무령은 그렇게 투덜거리면서 손을 휘휘 저었다.

"패자를 비참하게 만들고 싶지 않다면 이만 돌아가다오."

"화보다는 삐진 것 같은데."

"아니다."

넌지시 건네는 말에 무령이 눈을 부라린다.

"다음에 한 번 더 할까?"

백현은 슬쩍 뒤로 물러서면서 물었다.

짜증 가득한 눈으로 백현을 노려보던 무령은, 입술을 뿌득 씹으며 고개를 끄덕거렸다.

그것을 본 백현은 안도의 웃음을 지었다.

"해야지."

무령은 철혈궁을 떠나가는 백현의 등을 노려보면서 중얼거렸다.

"해야 하고말고."

솔직히 다음에 싸운다고 해도 결과는 바뀌지 않을 것이다. 철혈궁에서 싸웠음에도 이런 패배를 당했다. 자칫하면 성역이 통째로 붕괴할 뻔했다.

하지만 그것과는 별개로…… 무령이 느끼는 패배감은, 이후에 퍼부어진 짓궂고 악랄한 공격 방식 때문이었다.

근접박투. 무령도 상당한 자신을 가지고 있는 분야다. 하지만 패배했다.

처음에는 피할 수 있을 정도의 공격이 급속도로 가속했고, 피할 수 없게 되었다.

그래서 막았다. 하지만 방어마저도 무의미하게 되는 것에는 오랜 시간이 흐르지 않았다.

둔중한 공격이 방어를 통째로 부수고 들어왔고, 날카롭고 빠른 공격은 방어를 스치며 깊이 파고들었다.

패배가 처음은 아니다. 예전에도 백현과 싸웠고 패배했다. 그 때와 기분은 크게 다르지 않았다. 패배했는데도 뭔가 후련했다.

지금 느끼는 분노와 짜증은 성역에서 싸웠음에도 패배한 자신의 나약함 때문이지, 백현에 대한 것은 아니었다.

"수행이 부족했나."

무령은 그렇게 중얼거리며 몸을 돌렸다.

전대 무령이 혼돈에 삼켜진 이후. 지금의 무령은 아버지처럼 혼돈의 근원을 탐하지는 않았다.

그 파괴적인 힘이 신격의 갈망을 이뤄줄 만한 물건이 아니라는 것을 알게 되었다.

그렇다고 해서 갈망이 사라진 것은 아니었다. 무령은, 자신의 신명에 걸맞게 무도를 갈망하고 있었다. 그리고 방금 전에 무도로서 신격을 이룬 무신을 보았다.

뒤돌아 걷기 시작한 무령은 피식 웃었다.

뚜렷함 없이 생각하던 지향점이 만들어졌다. 시간은 얼마든지 있었으니, 서두를 것도 없었다.

아직은 까마득한 뒤였지만, 언젠가는.

무령은 만족스러운 패배감을 음미했다.

혼돈의 근원? 이제 와서 그게 무슨 의미인가. 그것이 정말로 신격의 갈망을 이뤄줄 수 있다 할지라도, 무령은 더 이상 혼돈의 근원을 탐하지 않을 것이다.

보고 겪어버린 지향점을 좇는다는 것이 앞으로 살아갈 영원을 훨씬 즐겁고 풍부하게 할 테니까.

"아니, 그래서. 무슨 일이 있었던 거냐니까요?"

무령은 만족감을 느꼈지만 라이 룽은 아니었다. 그녀는 답답하단 표정을 지으며 무령의 뒤를 좇았다.

"아무 일도 없었다."

따지듯 묻는 말에 무령은 만족 넘치는 목소리로 대답했고 라이 룽은 답답함에 가슴을 두들겨 쳤다.

무조건 인정만 받는 것이 중요한 것이 아니다.

누가 알려준 것도 아니었지만, 백현은 자연스레 그것을 깨치고 있었다.

신격의 경외. 그것은 수많은 인간의 인정과 숭배보다 큰 가치를 갖는다. 신격 자체가 무수히 많은 존재의 숭배와 이룩한 신화를 통해 태어난 것이기 때문이다.

백현은 무령을 잘 알았다. 싸운다면, 인정하고 경외해 줄 것임을 알았다.

철혈궁을 떠나는 순간에 무령의 중얼거림을 들었다. 수행이 부족했다고 했지.

'그런 것치고는 강했지만.'

앞으로도 강해질 것이다.

연리운. 그는 무령이라는 신명에 걸맞게 자신의 무를 추구할 것이다.

철혈궁을 나온 백현은 '다음'으로 향했다. 갈 곳은 정해두었다. 백현의 걸음이 멈춘 곳은 로즈덤의 앞이다.

모든 신격의 인정과 경외를 받을 생각은 하지 않았다. 시간이 얼마나 있는지는 모르겠지만. 일일이 '굴복'시켜서 인정을 받겠다고 한다면 너무 시간이 오래 걸린다.

확실하게 인정해 줄 만한 이들을 꼽았다.

무령, 흑장미여왕, 악몽의 결정자.

하이로드, 그 헛똑똑이 자식은 인정은 해줄지언정 경외는 하지 않을 것이다. 퓨어세인트와 역천자? 헌드레드? 말할 것도 없다. 그들은 적이다. 아이언메이드. 그는 속내를 알 수 없다.

템페스트…… 위험하다.

재생의 뱀? 마찬가지다. 그녀는 백현을 '좋아하지만,' 무신이라는 신명에 대한 인정을 얻기 위해서는 대화가 아닌 굴복을 강요할 것이다. 재생의 뱀은 그런 성격이었다.

하지만 흑장미여왕과 악몽의 결정자는 아니다.

로즈덤의 문이 저절로 열린다. 흑장미여왕은 무령처럼 백현을 시험해 보려고 하지 않았다. 로즈덤은 여전히 고요했다.

아직 흑장미여왕과 마주하지는 않았지만, 백현은 로즈덤 전체가 자신을 축복하는 것을 느꼈다.

"축하드립니다."

실제로도 그랬다. 성 밖에 마중을 나온 흑장미여왕의 권속들이 백현을 향해 고개를 깊이 숙인다.

백현은 빙긋 웃으며 그들의 축하를 받아주었다.

"흑장미여왕님은?"

"침실에 계십니다. 직접 마중을 나오고 싶어 하셨습니다만……."

"내가 가야죠. 받은 것이 많으니까."

철혈궁에서 그랬던 것처럼 몰상식하게 굴지는 않았다. 이곳에서 해야 할 건 싸움이 아니었다.

정중하게 침실의 문을 두드렸고, 들어오라는 말을 들었다. 몇 번이고 들어왔던 침실은 장막이 걷혀 있었다.

흑장미여왕은 하녀의 걱정스러운 시선을 받으며 자신의 양손을 내려다보고 있었다.

"신격이 되셨군요."

시선은 조금 늦게 들렸다.

"여왕님 덕이 컸죠."

"제 도움이 없었어도 당신은 신격이 되었을 겁니다."

"마왕의 인장이 없었다면 신격이 되기도 전에 죽었을 거예요."

"흑천은 괜히 주었군요. 지금의 당신에게는 별 쓸모가 없을 텐데."

흑장미여왕이 쓰게 웃으며 말했다. 백현은 마주 웃었다.

흑천. 신물 중에서도 최상위에 들 방어구였지만, 제대로 사용할 기회는 없었다.

"신명은?"

"무신."

"인정이 필요해 오셨나요?"

오만하다는 말은 하지 않았다. 흑장미여왕은 이미 백현의 신명인 '무신'을 인정했다.

"받은 것들을 돌려드리려고 왔습니다."

"제게 돌아오는 것보다는 당신이 갖는 편이 나을 텐데요."

백현은 흑천을 벗으며 말했고, 흑장미여왕은 돌려받기도 전에 고개를 저으며 거절 의사를 표했다.

"성역이 당신의 세상을 침범했다지만, 제게 바뀌는 것은 없습니다. 저는 여전히 죽어가고 있고……."

"아니잖아요?"

백현은 품속 깊숙이 넣었던 마왕의 인장도 함께 꺼냈다.

이게 없었다면 진짜 죽었을 거다. 검무희와 싸워 이기지도 못했을 것이고, 혈사자와 싸울 때도…… 마왕의 인장이 없었으면 살령은 백현을 마왕으로 만들지 않았을 것이다.

그렇다면 어떻게 되었을까? 인과율의 후폭풍이 그 정도로 그쳤던 것은, 백현이 마왕의 인장을 가지고 있었기 때문이다. 이런 가능성이 없었다면 살령은 보다 큰 인과율의 후폭풍을 불러왔겠지.

명계에서도. 마왕의 인장이 있었기 때문에 감찰관 행세를 할 수 있었다.

흑장미여왕은 틀림없는 은인이었다. 비록 거래였다고는 해도.

"……역시."

흑장미여왕이 시선을 든다. 백현을 보는 흑장미여왕의 눈은 복잡한 감정을 품고 있었다.

백현은 천천히 흑장미여왕에게 다가갔다. 흠칫 놀란 하녀가 백현을 제지하려 들었지만, 흑장미여왕이 입을 열었다.

"네가 나설 자리가 아니란다."

"하지만 여왕님……."

"네가 나를 경외한다면 무신 역시 경외해야 해."

조용한 말이었지만 분명한 위엄이 서려 있었다. 하녀는 고개를 꾸벅 숙이며 뒤로 물러섰다.

침대 앞에 선 백현은 흑장미여왕을 응시했다.

"당신이었군요."

흑장미여왕은 백현을 올려 보며 중얼거렸다.

그녀를 죽음에 이르게 하던 혼돈의 침식은 멈춰 있었다. 백현이 심연의 왕좌와 함께 혼돈의 근원을 취했기 때문이다.

"네."

백현은 흑장미여왕에게 손을 뻗었다. 흑장미여왕은 살짝 어깨를 떨며 다가오는 손을 보았다.

"솔직히."

흑장미여왕이 마주하듯 손을 들었다.

"두렵습니다. 차라리…… 무력하게 죽어가는 것이 낫지 않을까. 그런 생각도 들어요."

"후회할 거예요."

"물론 그렇겠죠. 하지만, 그렇게 죽으면 더 큰 절망은 겪지 않을 테니까요."

"바뀌는 것은 하나뿐이에요."

백현은 흑장미여왕의 손을 마주 잡았다.

"마왕의 인장과 흑천은 돌려드리지만, 여왕님과의 약속은 사라지지 않아요. 그게 사라질지라도 나는 퓨어세인트를 내버려 두지 않을 테니까요. 바뀌는 것은, 여왕님이 죽지 않아도 된다는 것뿐이죠."

"……살아버린다면. 나는 무엇을 목표로 살아야 합니까?"

흑장미여왕이 물었다.

"이전에 당신에게도 말했습니다. 내가 혼돈의 근원에 원했던 것은 후회뿐인 과거로 돌아가는 것. 물론…… 지금의 나는, 혼돈의 근원에게 그런 힘이 없다는 것은 알아요. 하지만 그렇다고 과거에 대한 후회와 돌아가고 싶다는 갈망이 사라지는 것은 아닐 텐데."

"난 정답을 알려줄 입장이 아니에요."

백현의 신력이 피어올랐다.

"무엇이 정답인지도 모르고. 하지만 여왕님. 과거를 후회한다고 무조건 돌아가야 하는 것은 아니잖아요? 미혹과 후회를 피해 죽음으로 도망치는 것을 틀렸다고 하지는 않겠어요. 여왕님이 원한다면, 여기서 그만두도록 하죠."

"짓궂으셔라."

흑장미여왕이 쓰게 웃었다.

"희망을 봐버린다면 누구나 갈망하게 되는 법입니다. 무신. 나는 여전히 답을 모르겠습니다. 내가 살아남을지언정, 퓨어세인트에게 복수할 수는 없겠죠. 마신에게 복수할 수도 없을 거예요. 과거로 돌아가는 것 또한 할 수 없습니다."

그러한 나락 끝에 서 있었다. 자신을 좀먹는 죽음을 받아들여, 그러한 안식으로 도피하고자 했다.

"그런 나에게. 당신은 희망을 권했습니다. 구원해 주겠노라고 손을 뻗었습니다. 그리고…… 나는, 잡았어요. 놓지 않겠습니다. 무엇이 정답일지는 모르겠으나, 답은 앞으로 찾아보도록 하겠습니다. 당신이 내게 준 삶으로 말입니다."

"아, 그래도."

백현은 히죽 웃으며 말을 받았다.

그의 신력이 흑장미여왕의 몸으로 스며들어 간다. 멈춰 버렸지만 그녀의 안에 존재하는, 혼돈의 잔재가 백현에게 빨려 들어왔다.

"마왕다운 일은 자제해 주세요."

"아하하."

흑장미여왕은 몸을 좀먹던 죽음이라는 질병이 사라지는 것을 느끼며 웃었다.

"물론 그럴 겁니다. 당신을 적으로 돌리고 싶지는 않거든요. 그리고…… 마왕다움을 강요할 마신도 없잖습니까?"

삐걱거리던 로즈덤의 풍경이 바뀐다. 당장에라도 무너질 것처럼 균열이 간 침실의 풍경이 복원되었다.

곁에서 고개를 조아린 하녀가 몸을 바르르 떨었다.

"고맙습니다. 무신."

흑천이 흑장미여왕에게 되돌아가, 그녀의 몸을 휘감았다. 둥실 떠오른 마왕의 인장을 향해 흑장미여왕이 손을 뻗는다.

어느새 흘린 붉은 핏방울이 마왕의 인장에게 스며들어 갔다. 붉은빛을 내뿜던 마왕의 인장이 흑장미여왕에게 빨려 들어가 사라졌다.

"당신은 로즈덤, 아니, 이 흑장미여왕의 은인입니다."

흑장미여왕이 침대에서 내려왔다.

눈앞에 있는 것은 죽어가는 나약한 신격이 아니었다. 전성기에 미치지 못할지언정, 거대한 존재감을 내뿜는 마왕으로 변모했다.

흑장미여왕은 추태란 생각 없이 진심의 경외를 담아 그 자리에서 무릎을 꿇고 고개를 숙였다.

"나, 흑장미여왕은 모든 마족의 어버이인 마신보다 당신을 경외합니다."

백현은 민망함에 웃어버렸다.

여기까지는 어렵지 않았다.

하지만 이다음부터는, 조금은 어려울지도 모른다. 어쩌면 귀찮을 수도 있고.

그렇다고 '거를 수는' 없었다. 더는 미룰 수도 없었다.

"대단하구나."

깔깔거리는 웃음소리. 그리 오랜만에 들은 것은 아니었지만 반갑게 느껴졌다.

백현은 웃으며 앞을 보았다. 재생의 뱀은 여전히 작은 소녀의 모습을 하고 있었고, 그 곁에는 정수아가 두 눈을 휘둥그레 뜨고 있었다.

"일방적으로 문을 열고 들어와서, 과정도 마음대로 뛰어넘고 여기까지 왔구나. 일반적인 신격…… 아니, 대신격이라 해도 그럴 수는 없지. 불가능한 일이야."

본래 사굴은 입장한 순간 가장 먼저 늪지대를 마주하게 된다. 재생의 뱀의 인도를 받지 않는 한, 늪지대 너머에 있는 땅에 도달할 수 없다.

하지만 백현은 늪지대를 거치지 않았다. 사굴에 들어선 즉시, 백현은 재생의 뱀과 마주했다.

"재생의 뱀 님이 약해지신 덕분이죠."

"아주 부정할 수는 없는 말이로구나. 비참한 일이지."

재생의 뱀이 킬킬거리며 웃었다.

그녀는 깨지 않을 잠에 빠진 본신은 본궁(本宮)에 두고서, 별궁을 새로운 거처로 삼았다.

월드이터에게 힘을 크게 빼앗긴 만큼 약해진 것은 분명한 사실이다.

“하지만 내가 약해진 것과 네가 내 성역을 마음대로 주무르는 것은 별개의 일이란다. 넌……. 아주……. 기묘해졌구나.”

재생의 뱀은 눈을 가늘게 뜨며 백현을 위아래로 훑어보았다. 그녀의 눈에 비친 백현은 틀림없는 신격, 아니, 대신격이라 해도 손색이 없었다. 하지만 그것과는 별개의 ‘기묘함’이 느껴졌다.

‘절대신격…… 은 아닌가.’

그것은 분명한 듯했지만, ‘신격’의 영역에서는 불가능한 간섭들을 자유자재로 하고 있다.

인간일 적에도 믿기지 않을 만큼 기묘했으나, 신격이 된 후부터는 더더욱 기묘해져 버렸다.

“널 무엇으로 부를까?”

재생의 뱀이 입꼬리를 올리며 물었다.

“말하면 인정해 주실 건가요?”

“네 신명이 납득할 만한 거리라면 인정이야 어려운 것이 아니지.”

“무신이에요.”

“저런.”

백현의 대답에 재생의 뱀이 웃음을 터뜨렸다. 어깨를 들썩거리는 킬킬거림에 정수아가 재생의 뱀의 눈치를 본다.

그녀는 백현에게 무어라 말을 하고 싶었어도, 재생의 뱀의 눈치를 보느라 그러지 못하고 있었다.

"어……. 음, 축하드려요, 오……."

빠.

그렇게 말하기도 전이었다. 재생의 뱀이 폴짝 뛰어오르더니 정수아의 입술을 손바닥으로 찰싹 때렸다.

정수아는 꺅 하는 소리를 내며 얻어맞은 입술을 부여잡았다.

"성급해하지 말거라, 바보 같은 권속아. 네가 섬기는 신은 아직 저 '신격'을 인정하지 않았느니라."

"인정이고 자시고, 자기가 무신이라는데……!"

"자칭은 자유지만 내가 인정하는 것은 별개의 것인 게야. 특히, 무신이라는 오만한 신명이라면 말이다."

재생의 뱀은 혀를 끌끌 차며 쏘아붙였다. 그 말에 정수아는 입술을 삐죽 내밀었다.

재생의 뱀은 사도의 불온한 태도에 폴짝 뛰어 정수아의 머리를 한 대 쥐어박았다.

"악!"

"네가 섬기는 신을 망신시키지 말고, 그냥 입이나 닥치고 있거라. 당장!"

그 사나운 말에 정수아는 울상을 지으며 양손으로 입을 가렸다.

재생의 뱀은 한심하단 눈으로 정수아를 보더니, 한숨을 푹 내쉬며 고개를 저었다.

"네가 자칭한 신명이 얼마나 터무니없고 오만한 것인지, 자각하고 있느냐?"

"다들 오만하다고 말하던데요."

"그게 당연한 것이야."

재생의 뱀은 어이가 없다는 표정을 지으며 말했다.

"물론 네가 인간일 적부터 이룩한 업적들은 이미 신화라 하기에 충분한 것들이지. 하지만 말이다, '무신'이라는 신명은 너무나도 오만해."

"난 딱 맞다고 생각했는데."

"네 신화를 부정하지는 않으마. 무신, 네게 꽤 어울리기도 해. 하지만……. 신명이란 말이다. 그 신을 '상징'하는 것이다."

재생의 뱀이 손을 들어 백현을 가리켰다.

"신격들의 숭배를 받고 세계를 지배하는 절대신격들의 공통점이 무엇인지 아느냐?"

"……강하다는 것?"

"그것도 공통점이기는 하지만. 지금 말하는 것은 '신명'의 공통점이지. 그들의 신명은, '넓다'는 것이야."

듣는 것으로는 알 수 없는 말이었다.

백현이 고개를 갸웃거리자, 재생의 뱀은 답답하다는 듯이 한숨을 푹 내쉬었다.

"절대신격 중 가장 유명하고 흉포하다 할 수 있는 것은 '마신'과 '투신'이다. 어떠냐, 참 알기 쉬운 신명 아니냐? 마신은 모든 마족의 어버이이며, 마왕의 경배를 받는다. 그가 존재함으로써 마계가 존재하는 것이야. 그렇기에 그는 마신(魔神)이다. 모든 마(魔)의 신인 것이다."

백현은 명계에서 보았던 것을 떠올렸다.

무도의 마왕의 가슴을 뚫고 나온 새하얀 손. 근육도 없이 얇은 데다 손가락은 길어 예쁜 손이었다. 그리고 끔찍할 정도로 불길했다.

그것이 마신의 팔이었다. 모든 마의 신.

"투신은 인간이었음에도 절대신격이 된 유일한 존재다. 그는 인간일 적부터 초월자들을 사냥했고, 절대신격이 된 후로는 '괴물'이라 불리며 자신의 세계에 건너온 초월자들을 무차별적으로 학살했지. 또한, 그는 투신전이라는 이름의 성역을 만들어 각 차원에서 싸움꾼들을 끌어모으고 있다. 그는 투쟁을 탐닉하고 투쟁에서 완성되었다. 그렇기에 그는 투신이며, 투쟁을 즐기는 자들의 숭배를 받는다."

선계의 투신. 그와 마주쳤을 때의 섬뜩함은 아직도 생생하다. 선계의 정점에서 군림하는 투신은, 모든 신선의 '목적'이라 할 수 있었다.

"신명은 신격의 쌓은 신화와 신격 자체를 대표하고, 더 나아가 신격의 '본질'을 정의하는 것이다. 나는 허물을 벗고 되살아나는 뱀이기에 재생의 뱀이라 불렸다. 무령은 끝내 무(武)를 추구하지 못하고 도리에서 벗어난 망령이기에 무령이었다. 네가 친하게 지내는 악몽의 결정자도, 과거에 흑마법의 여왕이자 시체술사의 정점으로 인간의 본질을 죽어도 죽지 않는 언데드로 빚어내며, 악몽같은 존재로 불렸기에 악몽의 결정자라 불리는 것이다."

무신이라는 이름.

"무겁고, 넓으며, 오만한 게야. 네가 무신을 자칭한다면 너는 네 본질을 무(武)로 정의하고, 무를 관장하며, 무를 대표하는 것이다. 그렇게 넓고 무거운 신명을 짊어지고 자처하며 인정받은 이들은 절대신격뿐이다. 자칭하는 것은 네 자유이지만, 선불리 인정하고 싶지는 않구나."

"전 오히려 딱 맞는다고 생각하는데요."

백현은 피식 웃으며 대답했다.

"신명이 본질을 정의하고 관장하며 대표한다면, 저는 더더욱 무신이라 불려야 해요. 그 외에 다른 신명은 생각할 수가 없어요."

"무(武)가 널 정의하고 대표한다는 게냐?"

"네."

백현은 망설임 없이 고개를 끄덕거렸다. 그러자 재생의 뱀이 헛웃음을 흘렸다.

"네가 그 신명을 고집한다면, 너는 언젠가 필연적으로 투신과 충돌하게 될 게다. 투신은 스스로의 본질을 투쟁으로 삼았으나, 그 역시 무도를 추구하고 있지. 다만……. 그의 경우에는 모든 무(武)와도 투쟁하는 것이다만."

"그럼 더 좋은데요?"

백현은 활짝 웃었다.

"저도 투쟁은 꽤 좋아하는 편이고. 아직 제가 한참 부족하기는 하지만, 언젠가 좋은 경쟁자가 될 거라고 생각해요."

"경쟁자……. 경쟁자라고? 하하!"

투신을 경쟁자라고 말하는 오만함이 기가 찼다.

하지만 재생의 뱀은, 결국에는 저 신명이 백현에게 썩 잘 어울린다고 생각할 수밖에 없었다.

"하지만 인정은 아직이야."

재생의 뱀이 고개를 저었다.

"무턱대고 인정할 수는 없지. 무를 관장한다는 것은 그만큼 '무거운' 일이니까. 네가 정녕 무신이라 불리고 싶다면 나를……."

"다음에."

백현은 손을 들어 재생의 뱀의 말을 끊었다.

두 눈을 금색으로 물들이며 독기와 신력을 끌어올리던 재생의 뱀은, 그 갑작스러운 선언에 엉거주춤한 자세로 멈춰 버렸다.

"응?"

"다음에요."

"……인정을 받기 위해 온 것이 아니었나?"

"그런 목적도 있기는 한데, 당장 인정해 주지 않으셔도 괜찮아요."

재생의 뱀이라면 저렇게 나올 것이라고 생각했다. 무령과 똑같다. 무신이라 자칭한다면, 인정 이전에 납득을 원한다.

재생의 뱀은 무령을 무의 망령이라고 말했다. 그건 과거의 무령에게 해당되는 말일 터이나, 지금의 무령도 결과적으로는 무의 망령이라 할 수 있을 것이다. 되돌아온 길을 맹목하는 망령.

재생의 뱀이 납득을 원하는 이유는 무령과는 다르다.

"뒤로 미루자는 게냐?"

재생의 뱀이 이해할 수 없다는 표정을 짓는다. 노골적으로 깔린 감정은 '아쉬움'이었다.

백현은 재생의 뱀을 안다.

그녀는 어비스의 신격 중에서도 유별난 존재였다. 그녀는 혼돈의 근원에 대한 탐욕보다는, 신격 간의 다툼이라는 '유희'를 추구해 어비스에 왔다. 숭배받던 토착신이었을 적 즐기지 못한 유희를 어비스에서 추구했다.

백현이 날뛰는 것에 대리 만족을 느끼며 웃던 것이 재생의 뱀이다. 그녀는 토착신으로 섬겨졌으나 그 본질은 악신에 가깝다.

"아깝잖아요."

백현은 고개를 저으며 말했다.

"재생의 뱀 님과도 싸워보고 싶기는 한데, 지금은 너무 아깝죠. 재생의 뱀 님이 멀쩡한 상태도 아니고."

"뭐냐 그건…… 그러니까…… 날 배려해 주겠다는 것이야?"

재생의 뱀의 눈이 날카로워졌다. 섬뜩한 독사의 눈이 백현을 압박했다.

"다른 어디도 아니고. 이곳, 내가 지배하는 사굴에서 나를 배려해 주겠다고?"

"네."

무덤덤하고 가벼운 말이었다. 재생의 뱀의 입장에서는 모욕이라 받아들이는 것이 당연한 말.

"배포만큼은 무신이라 하기 충분하구나."

하지만 재생의 뱀은 분노하지 않았다. 그녀는 내비쳤던 살기를 푹 꺼뜨리며 웃음을 터뜨렸다.

"그래, 네 말이 맞다. 나는 지금 약해져 있지. 이렇게 맛있게 익어버린 너와 다투기에는 너무나도 약해져 있어."

만전의 상태라 해도 이길 수 있을까. 순간 그런 생각이 들었으나, 재생의 뱀은 신경 쓰지 않았다.

의미 없는 일이었다. 승산이 없다 해도 저만큼이나 탐스러운 과실이라면, 그것이 사실은 치명적인 맹독을 품고 있다고 해도 베어 먹어볼 수밖에 없다.

"다만. 네가 납득을 보류한다면, 나 역시 널 인정하는 것을 보류해야 한다만……. 그래도 괜찮겠느냐?"

"안 될 것까지야."

흑장미여왕처럼 '쉽게' 인정해 주는 것은 바라지 않았다. 무령은 시험해 볼 것도 있었고, 스스로의 확신도 필요했으며, 그보다는 무를 숭앙하는 무령에게 인정을 받고 싶다는 마음으로 납득을 얻어냈지만. 재생의 뱀에게는 당장 납득을 얻을 필요는 없다. 그녀에게 '무신'이라는 신명을 알린 것으로 충분하다.

"네가 무슨 꿍꿍이인지는 모르겠구나."

몸을 돌리는 백현을 향해, 재생의 뱀이 말했다.

"하지만 네가 지금 하는 일들. 신격들에게 '널' 알리는 일들은 결코 무의미하지는 않을 테지."

"무턱대고 휘말리는 것은 지긋지긋해서요."

백현은 웃으며 대답했다.

"아직 시간이 있고, 그 안에 정리할 수 있는 일은 정리하고 싶은 거예요."

"뒤로 미뤄대면서?"

재생의 뱀이 킬킬 웃었다.

"전 재생의 뱀 님을 좋아해요."

백현은 뒤를 돌아보며 웃었다.

"죽여도 '될' 것과 죽이면 안 될 것을 구분한다면, 재생의 뱀 님은 당연히 죽이면 안 될 쪽이에요."

"호오. 그 말은 꼭……. 네가 대대적인 '학살'을 벌인다는 것처럼 들린다만."

"에이, 죽일 놈을 죽이는 거고……. 그렇게 많이 죽일 생각은 없어요."

"신격을?"

재생의 뱀이 환한 미소를 지으며 물었다.

"이미 충분히 죽지 않았느냐?"

"그런가요?"

천존. 혈사자. 무령. 암막의 주인. 키마이라. 유계의 방랑자. 용성군. 20명의 신격 중 6명이 죽었다.

하지만, 저 중 백현이 죽인 것은 천존과 혈사자, 전대 무령뿐이다.

"아직 많잖아요."

백현은 피식 웃으며 고개를 돌렸다.

"한 네 명은 더 죽어야 균형이 맞지 않겠어요?"

균형이라.

"그렇군."

재생의 뱀은 작은 소리로 중얼거렸다.

백현은 이미 눈앞에서 사라져 있었다.

'이제부터는 진짜 모르겠는데.'

사굴에서 나온 즉시, 백현은 다음으로 향했다.

여태까지는 '만나보았던' 신격들과 재회했다. 하지만 이다음부터는, 만나보지 못한 신격들이다.

아이언메이드의 목적은 알고 있다. 완전한 호문쿨루스를 만드는 것. 그런 목적을 가지고 있는 이상, 아이언메이드는 템페스트에 집착할 수밖에 없다. 템페스트야말로 아이언메이드의 비원 그 자체라 할 수 있기 때문이다.

'죽여야 하나?'

템페스트와 아이언메이드.

'어려울……. 까?'

아이언메이드의 힘은 미지수.

템페스트는 신격들이 인정하는 광견(狂犬).

"뭐."

백현은 은화산의 입구 앞에 섰다.

"만나보면 알겠지."

드레이브가 얼마나 잘 도망쳐 줄까.

지금까지도 충분히 잘 도망쳐 주었다고 생각하지만, 슬슬

잡힐 것이다. 가급적이면 그전에 끝내고 싶었다.

"허."

만나본 적 없는 상대이기는 하지만, 이건 의외라고 느꼈다. 은화산의 문은 이미 열려 있었다.

그렇다면 이건 함정인가?

"얼씨구."

은화산의 문에 들어선 후. 백현은 자신도 모르게 웃어버렸다.

"축하드려요."

활짝 웃는 얼굴로 마중을 나와 있던 발렌시아의 비서가 백현에게 축하의 말을 건넸다.

커다란 꽃다발을 안겨주면서 말이다.

"갑자기 뭐야?"

안겨주는 꽃다발은 일단 받아주었다.

백현은 품에 안긴 꽃다발과 방긋방긋 웃는 비서와 그 뒤에 있는 금속의 화산을 번갈아 쳐다보았다.

"뭐긴요, 축하. 모르세요?"

비서가 배시시 웃으며 말했다. 백현은 꽃다발을 아래로 내리고서 비서를 응시했다.

아이언메이드의 성역 안이라지만, 백현의 '눈'은 여전히 밝았다. 그는 비서의 안을 메운 톱니바퀴의 움직임을 보았고, 갈라진 틈에서 자신을 바라보는 아이언메이드의 시선을 느꼈다.

'압박은…….'

없다. 부자유도 느껴지지 않는다. 눈은 여전히 밝다…….

백현은 아이언메이드를 자세히 모르지만, 아이언메이드는 백현을 알고 있다.

그는 백현이 '하려고 들면' 얼마나 난폭하고 무식한지 알고 있다.

그럼에도, 자기 안방이라 할 수 있는 성역에 백현을 들여놓고 아무 압박을 해오지 않는다는 건.

"싸우기 싫다는 거지?"

당장은.

백현은 웃으며 물었고, 비서는 마주 웃으며 고개를 끄덕거렸다.

"다른 신격은 모르겠지만, 아이언메이드 님은 싸움을 좋아하지 않아요. 내 입으로 말하기는 그렇지만, 아이언메이드 님은 '너드'거든요."

비서가 손을 들어 뒤편의 은화산을 가리켰다.

"지금도 자신을 드러내지 않고, 저를 통해 백현 님과 접촉하고 있잖아요. 아이언메이드는 자기 공방에 틀어박혀서 초조해하고 있어요."

"내가 날뛸까 봐?"

"아뇨. 백현 님이 템페스트를 죽여 버릴까 봐요."

비서가 고개를 저으며 부정했다.

"백현 님이 여태까지 해온 일이나, 제가 아는 백현 님이나……. 그리고 아이언메이드가 '판단'한 백현 님은. 필요하다면 템페스트를 죽여 버릴 거예요."

"필요하다면이 전제잖아?"

"그렇지만, 거의 무조건 죽일 걸요."

비서가 대답했다.

"템페스트의 힘은 난폭하고 파멸적이에요. 특히 그 힘은 자신의 권속들에게 무척이나 가혹하죠. 서민식……. 백현 님의 친구는, 템페스트와의 관계가 '유지'되는 이상 죽어갈 수밖에 없어요."

그건 비서가 직접 보았다.

아마존에 온 후, 서민식은 템페스트의 힘이 폭주하지 않도록 정글을 떠돌며 무차별적으로 힘을 쏟아내어 해소했다.

그리고 그 주기는 점점 짧아지고 있다. 템페스트와의 계약은 서민식을 죽여간다. 그건 틀림없는 사실이었다.

"백현 님은 친구를 아끼니까, 친구를 살리기 위해서라면 템페스트를 죽이겠죠. 틀림없이."

"맞아."

부정하지 않았다.

백현은 당연히 그럴 것이다. 템페스트를 죽여 서민식이 분노한다고 해도, 서민식이 죽는 것보다는 낫다.

백현은 은화산을 힐긋 쳐다보았다.

"발렌시아를 인질로 잡고 협박하고 싶은 것이라면 그만두는 게 좋을걸."

"아니에요!"

웃음기 덜한 목소리로 하는 말에 비서가 즉시 양손을 들어 보이며 외쳤다.

"아이언메이드 님도 그럴 생각은 추호도 없고, 저도 마찬가지예요. 제가 왜 마스터의 목숨을 들고 협박하겠어요?"

"정말?"

백현은 의심쩍다는 시선을 보내며 말했다.

지금 상황에서는 그럴 가능성이 크다고 생각했다. 발렌시아가 아이언메이드와 함께 있고, 이곳에 나와 있지 않다는 것은 충분히 수상했기 때문이다.

"진짜, 진짜로요."

"발렌시아는 지금 뭐 하고 있는데?"

"준비하고 계시죠."

비서가 살짝 표정을 굳히며 말했다.

"만약 백현 님이 난폭하게 구신다면, 발렌시아 님도 나서서 백현 님을 막아야 할 테니까요."

"결국 협박하는 것 아냐?"

"그런 의도는 아니에요. 그리고 준비는……. 백현 님을 막기 위한 것만이 아니고요. 성역들이 강림해 버렸고, 퓨어세인트가 대놓고 적대감을 보였으니까. 대적하기 위해서는 마땅한 준비가 필요한 법이죠."

"그건 그렇지. 그래서……. 아이언메이드는 나한테 뭘 바라는 거야?"

"템페스트를 관측할 수 있게 해주세요."

비서가 즉답했다.

"지난번에도 말했잖아요?"

아이언메이드는 템페스트가 존재했던 차원에서도, 그리고 어비스에서도 끝내 템페스트를 관측하지 못했다.

하지만 저 요구 사항은 백현으로서는 조금 미심쩍었다.

"그게 전부야?"

"가급적이면 템페스트의 일부도 갖고 싶다고는 말씀하시네요."

"뭐 생포해서 해체한다거나, 그런 걸 바라는 건 아니고?"

"그건 아이언메이드의 취향이 아니에요."

비서가 질색이라는 표정을 지으며 말했다.

"아이언메이드는 일부를 분석해 새로이 만들고 싶은 거지, 템페스트를 해체하고 완전히 모방하고 싶은 것이 아니에요. 연금술사의 고집이랄까."

"참고하기를 바라는 와중에 무슨."

백현의 투덜거림에 은화산이 부르르 떨었다. 저곳에 있는 아이언메이드가 모욕감을 느낀 모양이었다.

“정답지를 보고 싶은 것이 아니라 조금의 힌트를 얻고 싶은 거죠.”

그런 아이언메이드와는 달리, 비서는 유들유들한 표정을 지으며 반박에 나섰다.

“나쁜 제안은 아니라고 생각해요. 백현 님은 결국 템페스트와 충돌할 것이고, 아이언메이드는 그걸 ‘잘’ 보고 싶은 것뿐이니까요.”

“굳이 날 통하지 않아도 템페스트의 관측이라면 앞으로도 할 수 있을걸.”

“그럴지도 모르죠. 하지만 아직 신격들이 ‘백현 님처럼’ 성역 밖을 오갈 수 있게 된 것은 아니잖아요? 앞으로 어찌 될지 모르는 상황에서, 아이언메이드는 확실하게 템페스트를 관측하고 싶은 거예요. 그리고 이 거래를 통해서 백현 님과 완전한 우호 관계를 맺고 싶은 거죠.”

그 이야기는 저번에도 들었다.

아이언메이드는 백현과 친교를 나누고 싶지는 않아도, 적이 되고 싶지 않음을 피력해 왔다.

“물론 거래는 서로 주고받는 것이 있어야겠죠. 뭘 바라시나요? 아이언메이드는, 백현 님이 바란다면 아끼는 신물도 양도할 용의가 충분…….”

"아니, 그건 필요 없어."

백현은 고개를 저었다. 다른 신격의 신물은 더 필요가 없었다. 그런 것에 욕심이 있었다면 흑장미여왕에게 마왕의 인장과 흑천을 돌려주지도 않았을 것이다.

그리고, 아이언메이드에게는 이미 많은 것을 받았다. 아라크네와, 당장 귀에 매달고 있는 귀걸이. 이것으로 충분했다.

"아무것도 바라지 않으신단 건가요?"

"설마. 내가 바라는 건, 아주 간단한 거야."

나쁘지 않다.

비서가 말한 대로였다. 이건 서로에게 나쁠 것 없는 제안이었다.

아이언메이드는 자력으로 하지 못했던 템페스트의 관측을 백현을 통해서 할 수 있고, 백현은 손쉽게 아이언메이드의 '인정'을 받을 수 있다.

"내 신명을 듣고, 날 인정해."

백현은 비서의 몸 안의 시선을 직시하며 말했다.

그 말에 비서의 눈이 동그랗게 떠졌고, 은화산의 떨림이 멈추었다.

"……신물보다."

비서의 입이 열렸다.

몇 번이고 들어 익숙한 목소리였지만, 백현은 저 목소리를 내고 있는 것이 비서가 아님을 알았다.

비서의 눈동자는 당혹감에 휘말려 있었고, 턱이 삐걱거리며 말을 읊었다.

“가치 있는걸. 바라는군.”

어긋나는 복화술처럼 비서가 말을 내뱉었다.

“하지만. 내게는. 큰. 가치가 없다.”

“템페스트를 죽일지 말지는 아직 모르겠지만, 보는 것은 확실하게 보게 해줄게.”

“그건. 상관없다. 보는 것만으로도. 충분하니까. 네 신명은?”

“무신.”

“인정하마. 넌. 무신이다.”

신명을 들은 순간, 아이언메이드는 즉시 대답해 주었다. 말뿐이 아니다. 신격이 신격을 인정한다는 것. 그건 거짓이 허락되지 않은 언명과 같았다.

“기분 나빠…….”

복화술이 끝났다.

비서는 자의를 벗어나 움직이던 입술을 손으로 주무르며 투덜거렸다.

“당장 가실 건가요?”

“아직 시간이 남았다면.”

“벌써 ‘몇 바퀴’를 돌기는 했지만, 점점 거리가 좁혀지고 있어요. 날개가 점점 느려지고 있거든요."

"그만큼이나 도망 다닌 것이 대단한데."

백현은 피식 웃으며 말했다.

백현이 말한 '시간'이 드레이브가 마룡왕을 피해 다니는 시간이라는 것은 아이언메이드도 알고 있었다.

"뭔가 노림수가 있으니 대놓고 도망간 것이겠지. 지금 가도 될 것 같은데?"

"그렇다면 이걸."

비서가 기다렸다는 듯이 품 안에서 무언가를 꺼냈다. 그건 주먹만 한 은구슬이었다.

"아이언메이드의 신물 중 하나인 관측안입니다. 타 신격의 성역 안에서도 효력을 발휘할 만큼 강력하죠."

"나보고 그거 삼키라는 건 아니지?"

"그런 무식한 짓은 하지 않아요. 상식적으로 이렇게 큰 은구슬을 삼키는 게 건강에 좋을 리가 없잖아요."

헛웃음을 흘리며 하는 반문에 백현은 멋쩍어 뒤통수를 긁었다.

"그냥 한 번 만지시면 됩니다. 그럼 관측안은 당신에게 귀속되어서, 떨어지지 않을 거예요. 그 뒤에 템페스트를 만나서, 죽이든지 말든지 하셔요."

"신물은 안 받는다고 했는데."

"그럼 어쩔……."

"하지만 이건 받을게."

백현은 은구슬을 덥석 쥐며 말했다. 돌연 바뀐 태도에 비서가 두 눈을 동그랗게 떴다.

"……아까 한 말과 다르지 않아요?"

"난 또 신물이라길래 무기나 그런 건 줄 알았지."

백현은 넉살 좋게 웃었다.

"그리고, 유도리 있게 생각하라는 말은 많이 들었거든."

붙잡았던 은구슬이 둥실 떠올라 백현의 주변을 떠돌았다.

"성역 안에서도 볼 수 있다는 거지?"

"네."

"나랑 떨어져 있어도 괜찮아?"

"귀속은 되었으니까요. 시각 정보를 공유하고 싶으시다면, '눈'을 의식하시면 됩니다."

즉시 시험해 보았다. 조금 어지러운 감이 있기는 했지만, 관측안이 보는 것들이 백현의 뇌리에 새겨졌다.

"물론 그 시각 정보는 아이언메이드도 받고 있습니다만. 나중에라도 아이언메이드와의 연결은 차단해 드릴게요. 백현 님이 관측안을 갖고 싶으시다면 말이죠."

"나중에 필요 없어지면 돌려줄게."

백현은 관측안의 시야를 차단했다.

"만약 아이언메이드가 호문쿨루스를 완성하면, 넌 어떻게 되는 거야?"

"아무 변화도 없겠죠."

비서가 어깨를 으쓱거렸다.

"아이언메이드는 제가 아닌 새로운 호문쿨루스를 만들고 싶은 거예요. 절 보완하고 싶은 것이 아니라. 전……. 그냥, 비서로 있는 거죠. 죽은 동생을 호문쿨루스로 되살리게 되면, 발렌시아 님도 만족할 거고. 그럼 더 이상 제게 동생의 모습을 보지도 않을 거예요."

그걸 정말 동생이라고 생각할지는 별개의 일이지만.

"어쩌면 발렌시아 님이 더 이상 저를 필요로 하지 않게 될지도 모르지만요."

"그렇지는 않을걸. 발렌시아는 동생을 떠나서, 그냥 널 좋아해."

백현은 피식 웃으며 말했다. 그 말에 비서는 눈을 깜박거리다가, 짧게 웃음을 터뜨렸다.

"그렇다면 다행이네요."

물론 발렌시아의 본심을 백현이 알 도리는 없었다. 하지만, 백현이 겪은 발렌시아는 필요 없어진 것을 무턱대고 버리는 성격은 결코 아니었다.

백현은 마지막으로 은화산을 힐긋 보았다.

"자기를 관측자라고 떠드는 신격을 하나 아는데 말이야. 그

멍청이보다는 아이언메이드 쪽이 관측자답다고 생각해."

"설마요."

백현의 말에 비서가 웃음을 터뜨렸다.

"아이언메이드는 너드라니까요."

깔깔거리는 웃음을 뒤로했다.

9장
폭풍

판도라, 철혈궁, 로즈덤, 사굴, 은화산.

짧은 시간에 다섯 개나 되는 성역을 돌았고, 재생의 뱀을 제외한 다른 신격들에게는 모두 인정을 얻었다.

그리고 이제는 템페스트를 만나러 간다.

굳건히 닫힌 '사가'의 문은 침입을 불허한다는 뜻을 강력히 내비치고 있었다.

백현은 템페스트의 성향을 떠올렸다.

광폭함.

템페스트를 겪은 모든 신격들이 그렇게 말했다. 템페스트는 미쳤고, 불안정하다고. 아이언메이드를 통해 들었던 템페스트의 기원은 기적에서 시작되어 결국은 비극으로 끝났다.

그런 템페스트가 어비스에 온 이유를, 백현은 아직 모른다.

"이젠 알게 되겠지."

서민식. 그 녀석도 아직 사가 안에 있다.

백현은 가볍게 심호흡을 했다.

'어떻게 나올지.'

예상했고, 예상대로였다.

사가의 문을 억지로 열고 들어간 순간. 성역의 풍경을 감상하기도 전. 살의 가득한 폭풍이 백현의 몸을 찢어발기기 위해 덮쳐왔다.

백현은 즉시 파천강기를 몸에 휘감았다.

성역에 들어온 즉시 퍼붓는 공격. 템페스트가 말이 통하지 않는 광견이라는 것을 확실하게 인지시켜 주는 대응.

아무리 이쪽이 '노크' 없이 무턱대고 문을 열고 들어왔다지만, 이건 너무 과격한 대응 아닌가.

"안 그러냐."

콰르르르!

맹렬한 폭풍 속에서, 백현은 그렇게 중얼거렸다.

방어 전체가 뒤흔들린다. 겉면에서부터 빠르게 마모되며 방어가 깎여 나간다.

풍랑을 헤매는 조각배처럼 백현의 몸이 폭풍 속을 떠돌았다.

팽팽 도는 시야 속에서도 백현은 확실하게 '상대'를 보았고,

관측안도 떨어지지 않고 백현의 주변을 떠돌았다.

"민식아."

백현은 친근함을 담아서 그 이름을 불렀다. 친근함을 갖기 충분한 상대니까.

같은 고아원 출신.

어린 시절을 쭉 함께 보냈고, 같은 추억을 공유하고 있는, 식물인간이 된 자신을 아무 대가 없이 돌봐준 친구의 이름. 서민식은 바람에 몸을 실어 공중에 떠 있었다.

백현은 그가 입은 자주색 로브를 보며 말했다.

"너 그 색이랑 안 어울려."

농담처럼 말하기는 했지만, 조금은 진심이었다.

서민식은 대답하지 않고 백현을 노려보았다. 백현은 금색으로 물든 서민식의 한쪽 눈을 쳐다보았다.

템페스트는…….

백현은 아래를 내려 보았다.

사가(死街). 아래 보이는 거리는 말 그대로 죽어 있었다. 인기척 하나 없이, 처참한 폐허가 쭉 이어져 있다.

"현아."

서민식이 입을 열었다.

"대뜸 공격하고 말하는 것도 웃기는 일이다만. 돌아가면 안 되겠냐."

"예, 하고 물러날 거면 노크 없이 들어오지도 않았어."

백현은 그렇게 말하며 거리를 내려 보았다.

서민식이 숨을 삼켰다.

"네가 스스로 나가지 않겠다면, 억지로 쫓아내야 돼."

"할 수는 있고?"

백현은 피식 웃으며 물었다.

서민식은 입술을 꽉 물었다.

우우우우!

죽은 거리가 울부짖는다. 폐허 사이를 떠돌던 바람이 폭풍이 되었다.

"못 할걸."

백현은 서민식을 올려 보며 말했다.

"너 초등학생 때도 나한테 졌잖아."

폭풍이 덮쳐왔다.

그 기억은 확실히 가지고 있다.

태어나서, 그렇게 주먹질을 한 건 처음이었다.

그 기억은 여러 가지와 얽혀 있다. 처음 도원경에 불려가서 스승과 만났을 때. 싸움을 해본 적 있냐는 질문.

백현이 알고 있는 '첫 싸움'의 상대가 서민식이었다. 대수롭지 않은…… 다툼이 시작이었다.

어린 나이. 똑같은 고아원. 같은 학교. 서로의 유년기는 스트레스의 덩어리였다.

부모 없는 아이가 멀쩡히 부모를 가진 아이에게 주먹을 휘두를 수는 없다. 고아는, 질책을 막아줄 부모를 가지고 있지 않다.

어린 나이에 쌓인 스트레스의 발산, 가장 쉽고 명확한 것은 폭력이었다.

다른 아이를 때려서는 안 된다는 자각 정도는 코흘리개 시절에도 가지고 있었고, 결국 폭력의 대상은 같은 처지의, 가장 친한 친구에게 향했다.

뒤통수를 빡 맞았었다. 고아원에서였다. 서민식이 숨겨놓은 초코파이를 하나 몰래 빼 먹은 것이 이유였다.

얼핏 보면 백현의 잘못이었겠지만, 사실 시작은 서민식이었다. 놈이 먼저 백현이 숨겨놓은 초코파이를 빼 먹었었고, 백현은 앙갚음을 했을 뿐이다.

"기억 나냐?"

폭풍이 매섭다. 그 어린 시절의 주먹질과는 전혀 다른 매서움이다.

하지만 본질 자체는 다르지 않았다. 어린아이에게 향하는 어린아이의 주먹. 당연히, 잘못 맞으면 죽는다.

지금도 마찬가지다. 위력이 다르다지만, 잘못 맞으면 죽는다. 템페스트의 성역. 템페스트의 사도인 서민식의 공격은 백현을 위협할 정도로 매서웠다.

'단순한 사도가 아니라고 했지.'

성역이라는 이점이 있다지만. 공격의 매서움은 인정한다.

"그때, 내가 너한테 뒤통수 맞고 얼마나 억울했는지 알아? 뭔가 팍, 끊어지는 느낌이었다니까."

개싸움이었다. 머리채를 잡고, 꼬집고, 깨물고. 결국 이긴 건 백현이었다. 휘두른 주먹에 서민식의 코가 걸렸고, 코피가 콸콸 쏟아졌다.

"안 졌어."

"안 지기는, 너 그때 울었잖아. 원장한테 이르겠다면서."

"안 일렀잖아."

"그건 고맙지. 내가 얼마나 쫄았는지 알아?"

백현은 피식 웃었다. 서민식의 눈동자가 흔들린다.

백현은 폭풍 속을 유연히 떠돌면서 흐름을 읽었다. 광폭한 흐름……. 보는 족족 뒤바뀐다.

흐름에 법칙 따위는 없었다. 그렇다면 법칙을 만들어준다.

백현의 손가락이 튕겼다. 쏘아낸 신력이 폭풍 곳곳에 자리 잡았다.

서민식이 일으키는 폭풍은 백현의 신력을 지워내지 못했다. 신력과 부딪친 바람이 다른 방향으로 흩어진다. 그것으로 흐름이 바뀌는 '점'을 만들었다.

그 뒤에는 쉽다.

“네가 원장한테 일러서 혼나는 것보다. 너랑 다시는 친하게 못 지내는 것이 아닐까. 그게 무서웠다고.”

“……내가 그렇게 속이 좁은 것 같아?”

서민식은 허탈한 웃음을 터뜨렸다. 그가 일으킨 폭풍은, 어느새 잔잔한 산들바람으로 바뀌어 있었다.

백현은 그 한복판에서 서민식을 응시했다. 그가 등지고 있는 사가와, 씁쓸함으로 가득 찬 서민식의 눈을.

“그럼 넌.”

백현이 입을 열었다.

“내가 속이 좁아 보이냐?”

“뒤통수 맞았다고 주먹질하는 놈이면 속이 좁은 거지.”

“먼저 때린 건 너야 새끼야.”

짜식이. 백현은 눈을 한 번 부라렸다.

“요점은 그게 아니란 말이야. 난 속 안 좁아. 넌, 내가……. 널 경멸할지도 모른다고 했었지. 난 내가 왜 널 경멸한다는 건지 모르겠지만.”

백현은 천천히 서민식에게 다가갔다. 서민식은 말없이 입술을 씹었다.

그런 모습이 안 어울린다.

백현은 서민식을 잘 알았다. 놈은 등신인가 싶을 정도로 털털한 놈이다. 어렸을 때, 쌍코피를 흘렸던 코에 휴지를 말아 넣고 훌쩍거리면서 찾아와서 반으로 쪼갠 초코파이를 건네주며 히죽 웃던 놈이 서민식이었다.

그 이후 몇 번이나 다퉜지만, 결국은 웃음으로 풀 수 있었던 것은 서민식의 그런 털털함 때문이었다.

"너 궁상떠는 거랑 존나 안 어울려. 뭔데? 말이라도 해봐. 너 대체 뭘 숨기고 있는 거냐? 네가 말이라도 해야……."

서민식의 표정이 돌변했다.

확 하고 달려든 서민식이 백현의 허리를 끌어안았다. 백현은 피하지 않았다. 그 행동이 적의에서 비롯된 것이 아님을 알았기 때문이었다.

백현은 서민식이 밀치는 대로 함께 밀려났다.

꽈지지직!

하늘에서 번개가 내리 찍혔다. 방금 전 백현이 있던 곳이 번개에 꿰뚫렸다.

"저거냐."

백현은 서민식의 어깨를 잡으며 물었다. 그의 눈은 번개가 떨어진 하늘에 고정되어 있었다.

"저게 네가 내 경멸을 받을까 걱정하는 이유냐."

뇌명이 하늘을 우릉거리며 번쩍이게 만들었다. 도시가 또다시 울부짖었다. 갑작스러운 지진이 대지를 뒤흔들고, 거대한 바람이 하늘로 올라 뇌명과 함께 떠돌았다.

백현은 번쩍거리는 뇌광 속에서 번뜩이는 눈동자를 응시했다.

"말만 해."

꾸욱. 서민식의 어깨를 잡은 백현의 손에 힘이 들어갔다.

"친구잖아. 네가 말한다면, 내가 치워줄게."

템페스트는 폭풍의 한가운데에 서 있었다. 미쳐 날뛰는 바람과 뇌광 속에서 템페스트가 선 곳만이 고요했다.

다른 신격들이 말한 것처럼 템페스트는 '인간'의 모습을 하고 있지 않았다. 그건 거대한 폭풍, 아니, 천재지변의 화신과 같은 모습을 하고 있었다.

형태 없이 뒤흔들리는 바람이 템페스트의 몸이었고, 번쩍이는 뇌광이 템페스트의 눈이며, 뒤흔들리는 지진이 템페스트의 발이었다.

"아냐."

서민식이 꽉 눌린 목소리로 내뱉었다.

"그러지 마."

"사정을 말해줄 생각은 없고?"

"……."

"새끼."

백현은 서민식의 어깨를 두드렸다.

"너랑 안 어울린다니까."

그 말이 듣기 싫었다.

백현은 서민식을 밀쳐냈고, 서민식은 바람에 몸을 실어 천천히 백현과 멀어졌다.

서민식은 일그러진 눈으로 등을 돌리는 백현을 쳐다보았다.

"……말할 시간이 없는 거야, 등신아."

변명처럼 그렇게 내뱉었다.

몸을 돌리던 백현은 피식 웃으며 서민식에게 가운뎃손가락을 세워주었다.

"꼭 너한테 들을 필요는 없지."

너한테 듣고 싶었지만 말이야.

백현은 그렇게 중얼거리며 고개를 돌렸다. 템페스트는 여전히 폭풍의 중심에서 백현을 내려 보고 있었다.

"직접 캐물어보면 되는 거니까."

꽈아아앙!

템페스트가 발을 걷어찼다. '땅'이었다. 솟구친 지면이 백현을 덮쳐왔다.

백현은 몸을 빙글 돌리고, 허공을 박차 앞으로 뛰어나갔다.

콰드득!

단단히 뭉친 지면이 백현과 충돌에 흩어진다. 백현은 박살나 떠도는 땅의 파편을 밟고서 위로 뛰어올랐다.

'달라.'

여러 가지 위화감을 느낀다.

서민식은 여전히 '사슬'에 얽매여 있었고, 그 사슬은 하프와, '손'과도 연결되어 있다. 저건 틀림없는 템페스트였다.

그렇다면 눈앞에 있는 건?

'템페스트.'

폭력과 신력의 크기. 그것에 의심의 여지는 없다. 하지만 본신은 아니다. 템페스트의 본신은 사가 어딘가에 있을 것이다.

꼭 본신을 통해서만 힘을 행사할 수 있다는 것은 흔히 범하게 되는 착각일 뿐이다. 신격의 싸움법은 다양하고, 성역 안에서라면 더더욱 다양하며 위협적이다.

템페스트의 눈이 백현을 본다. 그 시선이 내리꽂히는 벼락이 되었다. 수백 개의 번개가 백현을 향해 떨어졌다.

백현은 빙글 몸을 돌려 양손을 펼쳤다.

빠지직!

떨어지던 번개가 흩어졌다. 백현은 저릿거리는 양손에 주먹을 쥐었다.

콰르르르!

폭발적으로 유입된 파천강기가 백현의 양팔을 휘감았다.

꽈아앙!

두 주먹에서 쏘아진 힘이 또다시 떨어지는 번개를 분쇄했다. 백현은 흩어지는 빛 속으로 뛰어들며 동시에 질풍신뢰를 펼쳤다.

백현이 나타난 곳은 폭풍의 중심이었다. 하지만 백현이 나타난 순간, 그곳은 더 이상 고요하지 않게 되었다.

콰르르르르!

날뛰기 시작한 바람이 백현의 몸을 집어삼킨다.

백현은 파천강기를 흩뿌리며 바람의 흐름을 바꾸었다. 그러나 아까처럼은 되지 않았다. 템페스트가 직접 일으키는 바람은 백현의 힘을 손쉽게 지워내 버렸다.

그것으로 충분했다. 바람이 불순물을 지워내기 위해 몰린 순간. 백현은 크게 숨을 삼켰다.

"-!"

신력을 듬뿍 담아 내뱉은 광란귀곡이 바람을 뒤흔들었다. 엉클어진 흐름을 즉시 천의무봉으로 간섭해 밀어낸다.

바람이 순간 푹 꺼졌고, 바람이 다시 하나로 뭉치기 직전에 백현의 주먹이 쏘아졌다.

빼어엉!

커다란 소리와 함께 하늘에 구멍이 뚫렸다.

위화감은 여전히 있다. 이곳은 템페스트의 성역. 그런데도 템페스트는 성역의 이점을 완전히 살리고 있지 않다. 하려고 든다면 성역의 주인으로서 백현을 압박할 수 있을 텐데.

'이제 와서 날 봐줄 이유는 없고.'

설마 서민식의 친구라서? 어쩌면 그럴지도.

그래서는 안 된다.

"혼돈의 근원."

백현은 갑자기 그렇게 말했다.

그 말에 서민식의 눈이 크게 뜨여졌다. 백현을 덮치기 위해 치솟던 땅도, 작렬하던 번개도 순간 멈췄다. 맹렬한 폭풍만이 동요를 나타내듯 뒤흔들렸다.

"그게 갖고 싶지?"

백현은 보란 듯이 웃었다.

"그거, 나한테 있거든."

"백현!"

서민식이 고함을 질렀다.

탐욕과 갈망에 찬 외침은 아니었다. 그가 외친 이유는, 백현에게 혼돈의 근원이 있다는 경악과.

"안 돼!"

템페스트의 발광을 제지하기 위함이었다.

하지만 늦었다. 템페스트는 서민식의 바람을 거절했다.

그만큼이나 템페스트는 갈망했다. 이룰 수 없는 갈망을 이뤄준다는 혼돈의 근원이 반드시 필요했다.

단순히 겁을 주어 쫓아내고자 하는 마음이, 완전한 살의로 바뀌었다. 비록 그로 인해 서민식의 증오를 사게 된다고 해도. 템페스트는 그것을 각오했다.

살의와 각오가 성역의 흐름을 바꾼다. 침입자로서는 항거할 수 없는 성역의 법칙이 백현에게 집중된다.

아무리 신격이라고 해도 다른 신격의 성역을 침범한 순간, 이 법칙은 피할 수 없다. 본질이 바뀌어 버린 천재지변이 백현에게 집중된다.

"안 돼!"

서민식은 고함을 지르며 백현을 향해 뛰어들었다. 그런 서민식을 템페스트의 바람이 가로막았다.

서민식은 얼굴을 일그러뜨리며 그 바람을 향해 돌진했다. 하지만 늦었다. 백현은 이미 거대한 번개와, 치솟은 땅과 폭풍에 삼켜졌다.

착각처럼 보였다. 서민식은 천재지변에 삼켜진 백현이 히죽 웃는 것을 보았다.

번쩍거리는 빛이 서민식의 눈을 멀게 했다. 무슨 일이 벌어지는 것인지 알 수 없었다.

멀어진 시야가 되돌아오기 전에 서민식의 몸이 격류에 휩쓸려 밀려났고, 차가운 무언가가 쏟아져 내려 서민식의 몸을 흠뻑 적셨다.

'비?'

콰당탕! 서민식의 몸이 땅을 뒹굴었다.

이제야 시야가 되돌아왔다. 서민식은 놀라서 하늘을 보았다. 기묘한 하늘이었다. 구름 한 점 없는 맑은 하늘에서, 비가 쏟아지고 있었다. 그 하늘의 한복판에서 백현은 상처 하나 없는 모습으로 서 있었다.

백현은 숙이고 있던 몸을 천천히 일으켰다.

"힘 조절이 관건인가."

서민식이 알 수 없는 중얼거림을 흘리며, 백현은 주변을 둘러보았다. 성역 전체가 불안전하게 뒤흔들리고 있었다. 천재지변은 더 이상 일어나지 않고 있었다.

"백……."

대체 무슨 일이 벌어진 거지? 놀란 서민식이 그렇게 말하려는 순간. 서민식은 커다란 울렁거림에 입을 틀어막았다.

"우웩!"

서민식의 입에서 시커먼 피가 쏟아져 내렸다.

백현은 흠칫 놀라 서민식에게 다가왔다. 입을 틀어막은 손이 시뻘겋게 젖어간다.

백현은 서민식의 가슴을 뚫고 나온 사슬이 바스러지는 것을 보았다. 그와 연결된 템페스트의 손이 파들거리며 떨리고 있었다.

"무식한 새끼."

백현은 서민식을 보며 내뱉었다.

방금의 천재지변 속에서 백현이 '했던' 것은 성역 안에서 더

더욱 치명적인 독이었다. 조절하지 않는다면 성역을 통째로 무너뜨리고 신격을 소멸시키는 강력한 독.

템페스트를 추궁하기 위해 조절하기는 했다만, 아무래도 템페스트에게는 무령보다 훨씬 '잘' 먹혔던 모양이다. 그리고 그 독은, 서민식에게도 먹혀들어 갔다.

백현은 욕설을 내뱉으며 서민식을 부축해 일으켰다.

서민식과 템페스트 사이의 계약은 일반적인 신격과 사도 사이의 계약과는 판이하게 다르다.

템페스트와 계약해 사도가 되면……. 인간에서 정령이 되어버린다.

그렇게 극악한 조건을 강요하는 계약은 템페스트가 유일했다. 스스로 바란 것이 아닐지라도, 템페스트의 계약은 자신의 파멸을 강요한다.

계약이 너무 밀접하다. 이렇게 된 이상, 템페스트를 죽이기 위해서는 저 빌어먹을 계약 먼저 끊어버려야 했다.

'방법이야 여러 가지지만.'

우선 템페스트와 만나는 것이 먼저인가.

백현은 정신을 잃은 서민식을 부축하고서 고개를 돌렸다.

뒤흔들리던 거리가 무너져 내리고 있었다. 백현은 무너지는 거리 속에서 템페스트의 존재를 탐색했다.

'지금' 이렇게 되어버린 성역에서, 템페스트의 존재를 찾는 것은 어렵지 않았다.

"찾았다."

사가라는 성역의 이름과는 다르게. 템페스트는 거리에서 벗어난 곳에 있었다.

그곳은 여태까지 보았던 신격들과는 비견될 수밖에 없는, 초라한 곳이었다.

재생의 뱀의 저택이나, 흑장미여왕과 무령, 악몽의 결정자의 성…….

템페스트는 초라한 오두막에 있었다.

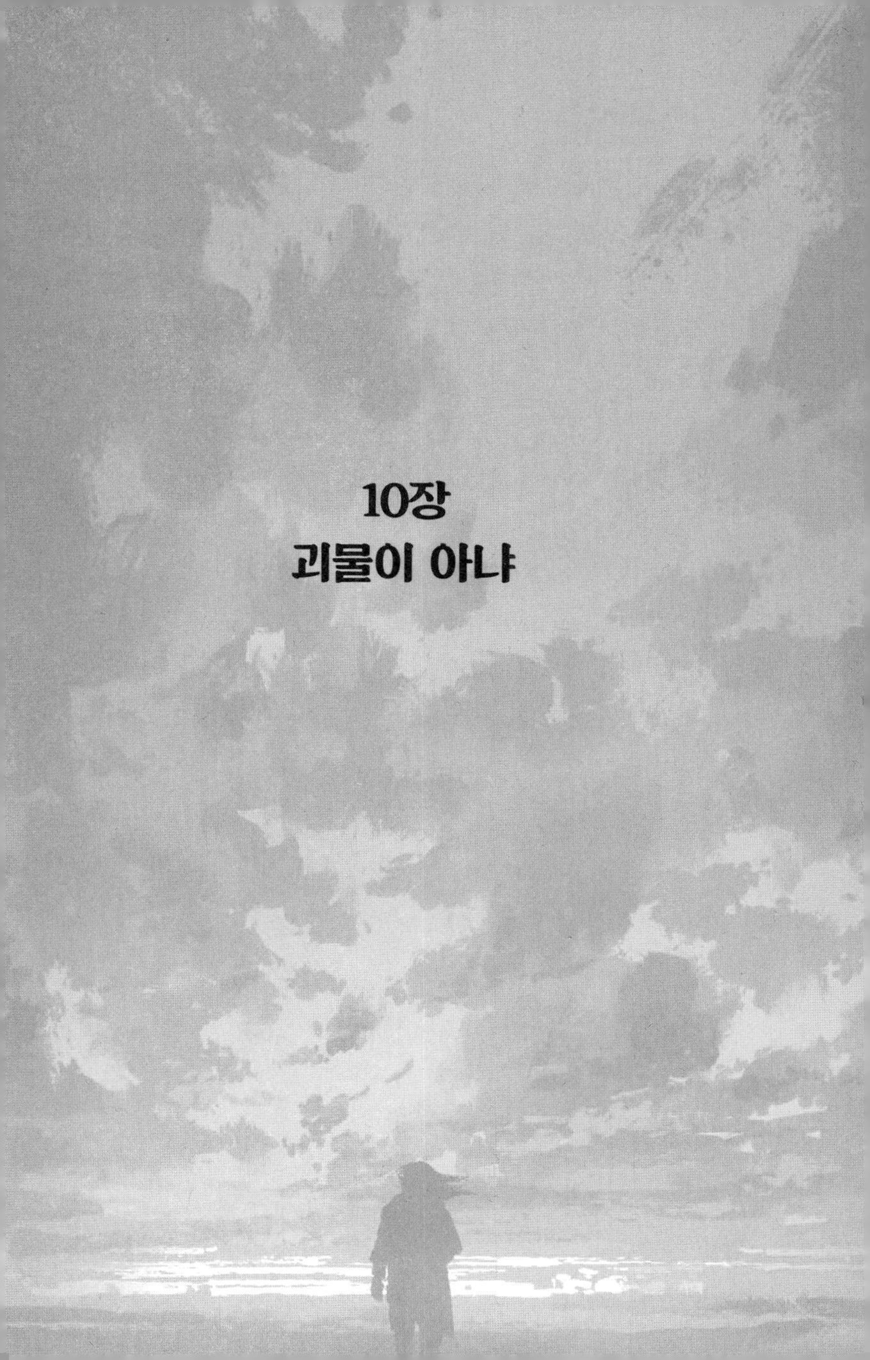

10장
괴물이 아냐

서민식은 여전히 정신을 잃고 있었고, 백현은 굳이 서민식을 깨우려 들지 않았다. 지금으로서는 서민식이 기절해 있는 편이 여러모로 낫다고 생각한 것이다.

붕괴하는 거리 너머의 오두막은 주변의 풍경과 동떨어져 있었다.

저런 형태의 오두막은, 비록 죽어 있다고는 해도 한때 번성했을 이 거리보다는 어디 한가로운 곳의 숲에 있는 것이 어울리게 느껴졌다.

"너무 검소한 것 아냐?"

백현은 오두막으로 다가가면서 중얼거렸다.

성역의 모습이 황폐하다는 것은 유별날 것도 없는 일일 터이나, 백현이 직접 본 경험상 신격들이 머무르는 장소만은 그럴듯하거나 화려했다.

하지만 템페스트의 성역은, 당장 무너질 정도는 아니어도 초라하기 짝이 없었다.

어쩌면 속임수인가? 이런 속임수에 의미가 있나? 그런 생각으로 오두막에 가까이 다가가고, 문의 앞에 왔을 때.

백현의 머릿속에서 그런 생각들은 사라졌다. 템페스트는 틀림없이 저 안에 있었다.

문고리를 잡은 순간.

광폭한 존재감이 백현의 몸을 움찔거리게 만들었다.

"휘유."

백현은 작게 휘파람을 불며 문고리를 천천히 돌렸다.

뚜둑, 뚜두둑.

백현의 손등과 팔뚝에 핏줄이 섰고, 문고리가 삐걱거리면서 천천히 돌아갔다. 강력한 힘이 문이 열리지 않게끔 막고 있었다.

"부끄럼이 많으시네."

아이언메이드처럼 너드라도 되나?

콰드득!

백현의 팔뚝이 부풀었다. 그는 한 번의 심호흡으로 힘을 집중했고, 폭발적으로 발산했다. 문고리가 뜯겨져 나갈 기세로 회전했다.

그랬던 주제에, 문은 굉장히……. 부드럽게 열렸다.

백현은 열린 문 너머를 힐긋 바라보았다.

모든 것이 일렁거리며 보이고 있었다. 대수롭지 않은 풍경들. 오두막이라는 겉모습과 잘 어울리는 풍경이었다.

하지만 비치는 모든 것이 불안정하게 흔들리고 있었고, 템페스트의 모습은 보이지 않았다.

그것이 전부가 아니었다. 거리의 상공에서 백현을 공격하던 폭풍들, 그것과 비교도 안 될 세기의 폭풍- 그런 흐름이, 감각을 속이고서 오두막 안에 도사리고 있었다.

느껴지는 것만을 따지자면, 템페스트의 성역은 저 거리가 아니라 이 오두막인 것만 같았다.

"무모한 짓은 하지 마."

백현은 조용히 말했다. 그는 부축하고 있는 서민식을 힐긋 보았다.

"이 녀석을 인질로 잡을 생각은 없으니까, 괜히 과민 반응하지 말라고. 무슨 뜻인지 알아? 굳이 민식이를 인질로 잡지 않아도 내가 난감해지지는 않는다는 거야."

허세가 아니었다. 템페스트의 성역 안에 들어온 것은 그런 자신이 있었기 때문이었다.

그리고 템페스트는 그 사실을 잘 알고 있었다. 이미 몇 번이고 백현을 성역에서 강제로 추방하려 시도를 해보았으나, 이상

하게도 백현은 추방되지 않았다.

그뿐인가? 성역의 법칙이 백현을 얽매어, 템페스트가 바라는 대로 압박하려 한 순간, 뭔가가 일어났다.

대체 무엇이 일어난 것인지, 그건 템페스트도 잘 알 수가 없었다. 분명한 것은……. 조금만 더 '과격했다면' 성역이 통째로 무너졌을 것이다.

백현은 천천히 문 안으로 발을 들이밀었다.

여전히 그 안은 난폭한 흐름이 도사리고 있었으나, 백현은 그 흐름 속에 자연스레 녹아들었다. 템페스트가 경계는 유지하고 있으면서도 백현을 공격하려 들지는 않았기 때문이다.

그 안으로 들어오니, 일렁거리던 풍경들이 보다 명확하게 보였다. 그리고 보이지 않던 템페스트의 모습이 이제야 보였다.

그녀의 모습은 제법 의외였다.

굳이 말하자면 여자인 것 같다고, 재생의 뱀은 그렇게 말했었다. 서민식도 템페스트를 '그녀'라고 지칭했었다.

그 때문에 템페스트의 본신이 여성체라는 것은 알고 있었지만…….

템페스트는 생각했던 것보다 더 가녀린 모습이었다. 무차별적으로 날뛰며 신격들에게 싸움을 걸던 신격이라고는 생각할 수 없을 정도로 말이다.

헝클어진 장발은 짙은 푸른색과 녹색이 섞였고, 찌푸린 눈썹 아래의 눈동자는 머리카락보다 맑은 푸른색이었다.

특이한 것은, 템페스트의 팔다리가 굵은 족쇄에 잡혀 있다는 것이다. 족쇄와 이어진 쇠사슬은 그녀의 등 뒤에 있는 커다란 하프와 연결되어 있었다.

"템페스트?"

눈앞에 있는 것이 그 템페스트라는 것은 확신했지만, 백현은 굳이 한 번 더 물어보았다.

그러면서 템페스트의 족쇄와 하프를 바라보았다.

그쪽의 조예가 없다시피 하지만, 저 노골적인 형태가 어떠한 봉인이라는 것은 짐작할 수 있었다.

그리고 저 족쇄는 서민식과도 연결되어 있다.

"뭐라고 말이라도 하지?"

백현은 다시 한번 물어보았다.

템페스트는 입을 꾹 다물고 백현을 노려보기만 했다. 겉모습은 상처 하나 없어 보인다.

하지만 지금 템페스트는 아까 전 성역이 붕괴될 뻔한 충격을 추스르지 못하고 있었다. 그건 백현도 잘 알고 있었다.

칼자루를 쥐고 있는 것은 백현 쪽이다.

"네가 계속 닥치고 있을 셈이라면, 난 내 마음대로 할 거야. 내가 뭘 할지 알아?"

템페스트의 눈동자가 파들거리며 떨린다. 백현은 어깨에 짊어지고 있는 서민식을 힐긋 보았다.

"우선, 너랑 민식이를 연결하고 있는 족쇄를 끊어버릴 거야. 그 뒤에는 너와 민식이의 계약도 지워 버려야지. 왜, 못할 것 같아? 방법이야 많지. 널 죽이는 것도 방법의 하나는 될 거고, 그 뒤에는……. 민식이를 내 권속이나 사도로 삼으면 문제될 건 하나도 없어."

템페스트의 떨림이 강해진다. 백현은 성큼거리며 템페스트에게 다가갔다.

"네가 민식이한테 왜 집착하는지는 몰라. 민식이도 말해주지 않았으니까. 하지만 너와 민식이의 계약은 너무 위험해. 그건 너도 잘 알 텐데, 왜 저 자식을 사도로 삼은 거야?"

서민식은 템페스트의 사도가 되고 싶어 했으나, 본래 템페스트는 서민식을 사도로 삼지 않으려 애를 썼다.

자신과의 계약이 서민식을 파멸시킨다는 것을 알고 있으니까. 권속들을 소멸시켜 가면서 다른 군주들에게 서민식을 건드리지 말라 통보했고, 호센을 즉시 사도로 삼아가면서까지 서민식을 보호하려 들었다.

그 과한 집착. 아직 백현은 그 이유를 모른다. 하지만 그 이유가……. 서민식이 말한 '경멸'과 무관할 리가 없다.

"……그가."

노려보는 시선에 템페스트의 입술이 천천히 열렸다. 그녀는 증오가 가득 찬 눈으로 백현을 노려보며 내뱉었다.

"그가, 바랐으니까."

살의가 득실거리는 목소리였다.

"전부 너 때문이야."

템페스트가 손을 들어 백현을 가리켰다.

"결국 전부 너 때문인 거야. 네가 없었다면 검무희 그 빌어먹을 것이 '핀'에게 접근하지도 않았겠지. 그 빌어먹을 것이 핀에게 괜한 말을 떠들어서, 그가……."

"핀?"

백현은 눈을 찡그렸다. 하지만 템페스트는 그 말을 듣지 않았다.

"네가 없었다면, 핀은 자신이 누구인지 쭉 알게 되는 일 없이 살 수 있었을 거야."

"네가 없었다면, 핀은 자신의 부족함을 자각하게 될 일도 없었겠지. 자격을 갈망하지도 않았을 거고, 열등감을 느끼지도 않았을 거야."

"네가 없었다면, 핀은 만족하고 행복했을 거야. 깨어나지 않는 너를 보살피면서, 주변의 인정을 받아가면서. 사도가 되는 것을 바라지 않고."

템페스트의 목소리가 점점 격해졌다.

백현은 눈을 찌푸리며 그 말을 조용히 들었다. 템페스트가 말하는 '핀'이 서민식인 것은 틀림없었다.

하지만 그것보다, 열등감?

그 말을 들은 순간. 백현은 서민식을 힐긋 내려 보았다. 그건……. 백현이 아는 서민식과는 참 어울리지 않는 말이었다.

하지만 정말 그럴까. 내가 아는 너와 다르다. 이 말이 당사자에게는 얼마나 오만하고 우습게 들릴까.

내가 아닌 타인을 완전히 알고 있다는 것은 그 얼마나 오만한 말인가?

"그럴지도."

백현은 천천히 고개를 끄덕거렸다.

서민식이 직접 말을 한 적은 없다. 하지만 지금 와서 생각해 보면.

백현이 눈을 떴을 때. 서민식은 한국에서 두 번째로 레벨이 높은 헌터였다. 당연한 자부심이 있었을 것이다.

하지만 백현은 그런 서민식을 참 쉽게 제압했다. 서민식이 하지 못하는 일들을 연달아 해냈다.

그건 어쩔 수 없는 일이었다. 그 당시의 백현은 이미 사도에 버금가는 힘을 가지고 있었다.

서민식은 어떤 기분이었을까. 5년 만에 깨어난 친구가. 사실은 왠 별세계에서 수행을 했고 5년 동안 헌터로 산 자신과는 비교도 안 될 위치에 있다는 것이, 그에게는 어떤 기분이었을까.

하물며 둘은 친구였다. 누가 더 낫거나 부족하지도 않은, 고만고만하던 친구.

"진짜 그랬냐?"

백현은 서민식을 내려 보며 말했다.

서민식의 정신은 이미 돌아와 있었다. 백현이 템페스트와 대면했을 순간부터 말이다. 백현은 그것을 알면서도 서민식을 계속 부축하고 있었다.

"……× 까는 소리 하지 마."

서민식이 고개를 들었다. 그는 얼굴을 가득 일그러뜨리고, 템페스트를 노려보았다.

그 매서운 시선에 템페스트의 어깨가 움찔 떨렸다.

"열등감? 내가?"

"……핀, 나는 '지금'의 너도 알아. 넌……."

"달라. 아니라고. 리아, 나는 열등감 때문에 사도가 되고 싶었던 게 아니야."

"저 인간, 아니, 저 괴물 때문이었어. 넌……."

"저 새끼를 괴물이라고 부르지 마!"

리아는 또 누구야?

백현은 그런 생각을 했지만, 서민식이 버럭 고함을 질렀다. 그는 백현의 부축을 떨쳐내기 위해 몸을 버둥거렸지만, 충격의 여파 때문에 몸에 힘이 제대로 들어가지 않았다.

"뭐 어때서. 괴물이란 소리 한두 번 듣는 것도 아니고."

"너도 지랄하지 마. ×발, 네가 왜 괴물이야?"

서민식은 눈을 부릅뜨고 백현을 돌아보았다.

지금도 확실하게 기억한다. 벨파르에서 천둥새를 토벌하고, 백현이 무령의 사신장 중 하나인 금강신장 유기를 쓰러뜨렸을 때. 그 이후 백현의 집에 찾아가서, 왜 그런 위험한 짓을 하냐고. 왜 굳이 무령과 싸워야 하는 것이냐고 캐물었다. 보통 사람은 길 가던 중에 위험한 것이 있으면 피해가려고 한다고.

'나는 보통 사람이 아니잖아.'

그때, 백현은 웃으면서 대답했었다.

백현은 보통 사람이었다. 식물인간이 되기 전까지만 해도 그런 평범한 사람이었다.

저 말을 들은 순간에, 서민식은 자신이 아는 5년 전의 백현과 지금의 백현이 다르다는 것을 깨달았다.

그 괴리감을 느끼고 있으면서도 의식하지 않으려 했고, 결국 자신도 다른 사람들과 똑같다는 것을 알았다. 그 역시 백현을 보통 사람이 아닌, 괴물이라고 느끼고 있다는 것을.

그때부터였다. 자신에게 환멸을 느꼈다. 가장 친한 친구라고 여기고 있으면서도, 달라져 버린 친구를 예전처럼 생각하지 못하는 자신이 싫었다. 괴리감이 강해질수록 친구와의 관계가 멀어지는 것만 같았다.

실제로도 그랬다. 마지막으로 백현과 밥을 먹은 것이 언제인지 기억도 잘 안 난다.

달라지는 것과 거기서 느끼는 괴리감. 그건 당연한 것이지만, 서민식은 그게 싫었다.

단순히 입장이 바뀌었기 때문인가? 단지 친구에게 우월감을 느끼고 싶었나?

다르다.

그리고 멀게 느꼈다. 친구와의 거리가, 참 멀다고. 열등감……. 본질은 크게 다르지 않을지라도, 서민식은 그걸 열등감이라 인정하고 싶지 않았다.

쓸데없이 자존심이 강했기 때문이다. 그만큼 백현과의 인연이 강했기 때문이었다.

서민식은 자신이 약하다는 것이 싫었다.

그래서 갈망했다. 약하고 싶지 않아서. 백현에게 괴리감을 느끼는 것이 그가 괴물처럼 강하기 때문이라면, 그럼 자신도 그만큼 강해지면 되지 않나.

백현만큼은 바라지도 않았다. 그냥, 놈과 '아주' 먼 거리가 아닐 정도의 거리에서, 놈을 괴물이라 느끼지 않을 정도만큼.

그게 참 까마득한 거리라는 것은 머지않아 절감했다.

처음부터 사도를 바란 것은 아니었다.

서민식은 백현처럼 도원경에 가지도 못하고, 무공도 모른다. 헌터가 강해지기 위해서는 군주의 총애를 받아 레벨과 권능을 받는 수뿐이다.

그래서 충실하게 했다. 당시 어비스에서 가장 위험하고, 몬스터가 많고, 조사가 되지 않은 북쪽으로 홀로 떠났다. 마구잡이로 몬스터를 잡아가며 실력을 키웠다.

그래도 한참이나 부족했다. 서민식은 여전히 약했고, 백현은 강했으며, 거리는 너무 멀었다.

그 거리만큼이나 인정하고 의식하고 싶지 않은 괴리감은 깊어져만 갔다.

"넌 괴물이 아냐."

서민식은 백현을 노려보았다.

지금도 마찬가지다. 사도가 되었다고는 해도 백현과의 거리는 아득하게 멀다. 예전보다 더 멀어졌다.

하지만 서민식은, 더 이상 백현에게 괴리감을 갖지 않았다.

"병신 같은 건 나였어."

백현이 변했다는 것은 인정한다.

그 말도 안 되는 힘을 떠나, 백현의 '상식'은 완전히 일그러져 있었다.

예전의 백현이라면 절대로 하지 않았을 일들을 태연하게 해대며, 이게 뭐가 문제냐고 되묻는다.

하지만 그 또한 백현이었다. 달라졌다고 한들 놈은 백현이었다.

자기 자신이 누구인지 알고서야, 서민식은 백현이 여전히 백현이라는 것을 알게 되었다.

알고 싶지 않은 것을 알게 된 것에 대한 자기혐오는 서민식을 절망시켰고, 동시에 백현에 대해 갖는 괴리감이 얼마나 하찮은 징징거림인지를 깨닫게 해주었다.

정작 서민식 자신이야말로 과거와 지금이 어긋나 있었다.

"고맙다."

백현은 서민식을 바라보며 말했다.

"괴물이 아니라고 해줘서 말이야. 난 내가 괴물이라고 불려도 상관없다만."

"개새끼."

"사실 이제는 괴물도 아니지. 난 신격이 되어버렸거든."

백현은 서민식의 등을 두드리며 웃었다. 정말 아무렇지도 않다는 것처럼.

"그런데 말이야."

백현은 천천히 고개를 돌려 템페스트를 바라보았다.

"템페스트가 리아."

백현의 손이 템페스트를 가리켰다.

"그리고 민식이 네가 핀."

뿌드득.

서민식이 이를 갈았다.

알고 싶지 않았던 과거다. 다른 누구는 몰라도 백현에게 알리고 싶지 않은 일이기도 했다. 여전히 서민식은 백현에게 경멸받는 것이 두려웠다.

"그럼 마고는 어디있어?"

"……네가 마고를 어떻게 알아?"

템페스트가 하얗게 질린 얼굴로 백현을 쳐다보았다. 서민식도 경악해서 백현을 올려다 보았다.

하지만 백현은 심드렁한 얼굴로 자신의 곁을 떠도는 관측안을 가리켰다.

"아이언메이드가 알려줬는데? 마고가 호문쿨루스를 만들었고, 호문쿨루스로 기적을 남발하다가 결국 폭주해서 마고랑 도시 하나가 날아가 버렸다고."

"아이언메이드가 어떻게 그걸……?"

"몰랐어? 아이언메이드도 호문쿨루스를 만들고 싶어 하거든. 얼마나 은밀하게 관측했던 거야?"

당사자가 모를 정도라니.

하긴, 그 날뛰던 어비스에서도 템페스트와 제대로 접촉하지 못했다고 말할 정도면 아이언메이드가 얼마나 조심성이 많은

지는 알 만했다.

“그래서 마고는 어디 있냐니까?”

“뒈졌어.”

서민식이 내뱉었다. 그는 주먹을 꽉 말아 쥐며 눈을 질끈 감았다.

“내가, 옛날의 내가……. 핀이었던 내가 마고를 죽였다. 도끼로 등짝을 갈겨서.”

“너는 민식이잖아.”

“병신아, 넌 전생도 몰라? 내가 전생에 핀이었다고! 마고의 제자였던 핀! 놈이 호문쿨루스를, 리아를 이용해대며 혹사시키는 걸 보다 못해서! 내가 도끼로 마고의 등짝을 찍어버렸다고!”

서민식이 악을 쓰며 외쳤다.

“워.”

백현은 짝짝 박수를 쳤다.

“전생이란 건 잘 모르지만, 그때의 넌 참 화끈했나 봐. 그래서?”

“그래서는 뭐가 그래서야 ×발……! 마고를 죽이고, 리아를 데리고 세상에 나갔어.”

“리아는 누가 붙인 이름이야? 마고?”

“……나.”

“왜 그런 이름을 붙인 거야?”

“부를 때마다 호문쿨루스라고 불러대는 것도 이상하지

않냐……!"

"그건 그래."

백현은 싱겁다는 표정을 지으며 고개를 끄덕거렸다. 뭐 대단한 사연이라도 있는 줄 알았더니.

"그래서, 세상에 나와서 뭐?"

"리아에게 자유를 주고 싶었어. 하지만 리아는 유리병을 나갈 수 없었고, 덕분에……. 난, 리아를 데리고 세상을 떠돌았지."

"마고 흉내를 내면서?"

"……딱 한 번이야……! 마고는, 그 개새끼는 제 명예욕 때문에 온갖 개짓거리를 해댔어. 그 당시 밀어닥친 가뭄은 마고가 리아를 써서 벌인 것이 아니었지만, 끝날 기미가 보이지 않았지."

"네가 너무 상냥했기 때문이야."

템페스트가 중얼거렸다.

"신경 쓰지 않으면 그만이었어. 그냥 히잔을 떠났으면 됐지. 하지만 넌……."

"어떻게 그럴 수 있어? 히잔의 국민들이 그따위로 나약해진 것은 마고가 재해를 일으켜 국민들을 조련했기 때문이야. 난 책임을 졌어야 돼, 내가 대신 속죄해야 했다고. 내가 마고를 죽였으니까!"

"그만."

백현은 악을 쓰는 서민식을 제지했다.

"잘 알겠어."

알게 되면 경멸할지도 모른다는 이유. 서민식이 혼돈의 근원에 집착하는 것.

속죄.

뻔한 일이었다. 가뭄을 막기 위해 서민식이, 아니, 핀이 나섰다. 하지만 핀은 호문쿨루스를 통제하지 못했다. 아니, 어쩌면 통제를 떠나 호문쿨루스가 갑작스레 폭주한 것일지도 모른다.

그게 아니면.

백현은 템페스트를 힐긋 보았다. 아이언메이드는 템페스트가 자유를 얻기 위해 마고를 죽인 것이라고 말했었다.

"민식아."

백현은 서민식의 어깨를 두드렸다.

"넌 내가 경멸할지도 모른다고 했지만 말이야."

사라의 때와 다를 것이 없었다.

결국 해줄 대답은 똑같았다.

"내가 왜 그래야 돼?"

백현은 황당하단 표정을 짓는 서민식을 물끄러미 보면서 말했다.

예상했던 반응이었다. 사라의 때와 비슷하고, 조금 더 격한 반응.

서민식은 황당하단 표정을 지으며 백현을 쳐다보았다.

하지만 백현은 자신이 못할 말이나, 해선 안 될 말을 했다는 생각은 조금도 하지 않았다.

사라의 때도 그랬다.

어쩔 수 없는 일 아닌가? 오히려 지금, 서민식의 죄책감은 백현이 더더욱 이해할 수 없었다.

사라가 죄책감을 가졌던 이유는 적어도 그녀가 '직접' 했던 일이었다. 강요에 의해서, 그리고 스스로 살아남기 위해서.

하지만 서민식은 어떤가?

"넌 민식이잖아."

백현은 서민식의 사나운 시선을 받아내며 말했다.

전생? 신기한 이야기이기는 했다. 백현이 아는 한, 명계에 있는 윤회의 문을 지나면 모든 기억이 사라지고 새로운 생명으로 태어난다고 했다.

하지만 그것이 '무조건'은 아니다. 아주 가끔, 윤회의 문을 지나 새로이 태어났음에도 전생의 기억을 가진 자들이 있다는 이야기는 들었다.

설마 그것이 서민식일 줄이야.

하지만 서민식의 전생이 그런 것이라면, 템페스트의 광적인 집착은 당연할 수밖에 없었다. 그녀로서는 서민식과의 재회가 운명처럼 느껴졌을 것이고, 실제로 둘의 재회는 운명적이라 할 만했다.

하지만 서민식은 서민식이다.

전생에 마고의 제자인 핀이었다고 해도. 핀이 호문쿨루스를 위해 스승의 등짝을 내리찍었다고 해도. 결국 호문쿨루스가 폭주해서 대참사를 일으키게 한 장본인이라고 해도.

그건 핀이 한 일이다. 핀의 행동에 서민식의 자아가 개입할 수는 없었다. 서민식이 핀이었다고 한들, 핀이 서민식이었던 것은 아니니까.

"누가 네게 죄책감을 강요한 것도 아니잖아."

백현은 서민식의 눈동자를 응시하며 말했다.

설마 템페스트가 강요했을까. 백현은 템페스트를 힐긋 보았다. 하지만 템페스트는 별 반응을 보이지 않고 입술을 다물고 있었다.

"네가 아닌 핀이 했던 일이야. 네게 전생의 기억이 되돌아왔다고 해도, 네가 핀이 된 것은 아니라고. 네가 나한테 물어봤었지?"

난 서민식이냐?

"넌 서민식이야. 다른 누구도 아닌 서민식. 초코파이 하나 뺏겼다고 난리 치던 쪼잔한 새끼. 쌍코피 줄줄 흘리면서 미안하다고 사과하던 새끼. 식물인간이 돼버려서 언제 깨어날지 모르는 나를 부양하던 새끼. 그게 너라고."

"……나도 알아."

서민식이 꽉 눌린 목소리로 내뱉었다.

"안다고, 알아. 사실 도저히 모르겠어. 난 서민식인데, 왜 내가 핀의 속죄를 대신해야 하는지……! 하지만, 잘 모르겠어도……. 속죄할 방법이 있다면 속죄할 수 있도록 뭐라도 해야 하잖아……!"

"……핀."

"넌 일단 닥쳐."

템페스트가 핀의 이름을 부르자, 백현은 고개를 홱 돌려 템페스트를 노려보았다. 그 시뻘건 시선에 어린 광폭함에 템페스트의 눈이 얇아졌다.

"저 새끼의 이름은 핀이 아니야."

"……누가 몰라?"

"그런데 왜 핀이라고 부르고 지랄이야? 네가 그렇게 부르니까 저 등신이 더 혼란스러워 하는 것 아냐."

백현은 그렇게 쏘아붙이고서 다시 서민식을 돌아보았다.

"속죄할 방법이 있다면 뭐라도 해야 한다고?"

다들 똑같다. 아주 큰 착각에 빠져 있다.

백현은 헛웃음을 흘리며 손바닥을 들어 올렸다.

팟.

그의 손 위에서 새카만 혼돈이 치솟았다. 템페스트가 급히 경계의 날을 세우며 백현을 노려보았다.

성역이 붕괴할 위험을 겪어보았기 때문에, 템페스트는 저 힘이 얼마나 끔찍한 것인지 확실하게 알게 되었다.

"이건 소원을 이뤄주는 요술 램프 따위가 아니야."

백현은 서민식을 빤히 보며 말했다.

"네가 정확히 뭘 바라는지는 몰라. 하지만 이 힘은, 절대로 네 속죄를 대신해 줄 수는 없어. 만약 네가 죽음으로 속죄하고 싶다면 굳이 혼돈의 근원을 필요로 할 건 없지. 이것 말고 자살할 방법은 많으니까."

물론 너보고 자살하라는 건 아니지만. 백현은 그렇게 중얼거리며 보여준 혼돈을 다시 지워 버렸다.

"히잔에서 일어난 일은 안타깝지만, 네가 그것에 책임을 느낄 필요는 없어. 그걸 속죄할 방법도 없고. 그들은 이미 오래전에 죽었고, 이미 너처럼 윤회해 버렸을 테니까."

"……그럴 수는 없어."

서민식이 중얼거렸다.

그로서는 절망할 수밖에 없었다. 혼돈의 근원이라면 어비스의 모든 신격이 갈망하는 것이다. 혼돈의 근원이라면 신격이 이루지 못하는 갈망마저 이뤄줄 수 있다.

그래서, 서민식은 그것을 희망으로 삼았다. 혼돈의 근원을 손에 넣는다면 이 지긋지긋한 죄책감을 떨쳐 버릴 수 있으리라고 생각했다.

"뭐가 그럴 수는 없어야? 야, 안 되는 건 안 되는 거야. 이 힘은 절대로 네 바람을 들어주지 않는다고. 네가 아무리 혼돈의 근원을 원해봤자, 안 되는 건 안 돼."

"……내가 이 빌어먹을 전생을 알게 된 건 속죄를 위해서였어."

서민식은 떨리는 손으로 템페스트와 연결되어 있는 하프를 가리켰다.

핀의 물건이다. 그는, 폭주에 휘말려 죽기 직전에 자신이 오랫동안 다뤄온 악기에 념(念)을 담았다. 육신이 죽어버릴지라도 혼만을 세상에 남겨, 망령이 되어 속죄하려 한 것이다.

하지만 결국 핀은 망령이 되지 못했고, 그는 명계에 인도되어 윤회의 문을 지났다.

만약 서민식이 템페스트와 운명적으로 재회하지 못했다면. 템페스트가 서민식을 권속으로 삼지 않았다면. 템페스트와의 연결을 통해, 그녀가 자신과 통째로 연결해 버린 하프의 념이 서민식에게 흘러들어 올 일도 없었을 것이다.

"그런데. 이제 와서 방법이 없다고? 그럼 난 어떡하라는 거야?"

서민식은 황망한 표정을 지으며 백현을 쳐다보았다.

혼돈의 근원을 손에 넣는다면 속죄할 수 있을 것이라 생각했는데, 이제 와서 그럴 수 없다니.

어쩌면 백현이 거짓말을 하고 있는 걸지도 모르지만, 서민식은……. 백현이 지금 거짓말을 하고 있다는 생각은 하지 않왔다. 이런 상황에서 저런 거짓말을 할 리가 없잖은가.

"내가 어떻게 알아?"

백현은 오히려 황당하단 표정을 지으며 말했다.

"네가 어떻게 해야 할지, 내가 어떻게 아냐고. 그건 네가 생각해 봐. 내가 말해줄 수 있는 건, 민식이 네가 핀의 죄책감을 느낄 필요는 없다는 거야. 도저히 떨쳐낼 수 없다면, 그래."

백현은 서민식을 향해 손을 뻗었다.

"앞으로 자원봉사나 열심히 하던가."

"뭐 이 미친……."

그 말에 서민식은 어처구니가 없어서 욕을 하려 했지만, 욕은 끝까지 뱉어지지 않았다.

서민식의 눈동자에 빛이 훅 꺼졌다. 백현은 힘없이 주저앉는 서민식을 부축해 조심스레 눕혀주었다.

"……우릴 어쩔 셈이지?"

백현을 노려보던 템페스트가 조용히 물었다. 서민식을 기절시킨 백현은 무릎을 툭툭 털며 일어섰다.

"우리라니. 내가 어찌해야 할까 고민인 건 너뿐이야."

백현은 고개를 돌려 템페스트를 쳐다보았다. 템페스트는 입술을 꾹 다물고 백현을 노려보았다.

"네가 핀에게 집착하고 있는 건 알아."

백현은 템페스트와 연결된 하프를 쳐다보았다.

템페스트가 저 하프를 자신의 족쇄로 삼은 것이야말로 핀에 대한 광기 어린 집착의 증거였다. 가지고 있다면 언젠가 핀과 다시 만나게 될 것이라는 희망과, 죽은 핀을 잊고 싶지 않다는 집착.

결과적으로 템페스트는 서민식과 재회했고, 그에게 핀의 기억을 떠올리게 만들었다.

"민식이는 자기가 한 짓도 아닌 짓을 속죄하고 싶어 괴로워하고 있는데. 넌 어때?"

템페스트는 대답하지 않았다.

"넌 별로 속죄하고 싶지 않은 것 같은데. 아냐?"

계속 그랬다. 서민식이 속죄에 대해 말할 때. 템페스트는 단 한 번도 서민식과 같은 죄의식을 느끼는 모습을 보여주지 않았다.

그것뿐만이 아니었다. 신격들이 어비스에서 활개를 치던 과거. 템페스트는 다른 신격들이 질려할 정도로 광폭했고, 신격들과 잦은 충돌을 겪을 만큼 혼돈의 근원을 탐색했다.

하지만 언젠가부터 템페스트는 다른 신격들처럼 열정적으로 혼돈의 근원을 찾으려 들지 않았다. 사도도 만들지 않았다.

자신과 계약한 인간이 정령이 되어버려서? 템페스트는 그런 것을 신경 쓸 위인이 아니다. 필요했다면, 그녀는 신경 쓰지 않고 얼마든지 사도를 만들었을 것이다.

단순하고 쉬웠다. 템페스트는 더 이상 혼돈의 근원이 필요 없게 되었다.

"네가 바라는 건 속죄가 아니었어. 민식이를, 핀을 찾고 싶었던 거였지."

"……그가 핀과는 다르다는 것은 알아."

템페스트의 입술이 열렸다.

"알게 하고 싶지 않았어. 하지만……. 알게 하고 싶기도 했어. 그가 핀의 기억을 떠올리지 못한다면, 나만이 일방적으로 그를 바랄 뿐이니까."

백현은 피식 웃었다.

"알게 한 것에 후회는 없고?"

"없어."

템페스트는 조금도 주저하지 않고 말했다.

"그가 괴로워하는 것에 마음이 아프기는 했지만, 그가 바란다면 난 얼마든지 도움을 줬을 거야. 혼돈의 근원……. 나에게는 더 이상 필요가 없어졌지만 핀, 아니, 민식에게는 필요했을 테니까."

"너와의 계약이 서민식을 죽여가고 있는 걸 알잖아."

백현은 코웃음을 치며 말했다. 하지만 템페스트는 물러서지 않고 항변했다.

"혼돈의 근원을 손에 넣는다면. 민식이 하고 싶은 속죄를 이루고, 나와의 계약을 끊을 생각이었어."

불가능한 바람이다. 혼돈의 근원은 소원을 이뤄주는 물건이 아니다.

"하나 묻자."

템페스트를 응시하는 백현의 눈이 가늘어졌다.

"히쟌에서의 폭주. 단순한 사고였나?"

"……그렇게까지 할 생각은 없었지."

템페스트가 중얼거렸다.

"마고가 죽었지만 히쟌의 얼간이들은 마고의 기적을 갈망했어. 핀은 그들의 부탁을 거절하지 못했고……. 나는, 핀이 마고처럼 되어버릴까 두려웠어."

폭주를 의도했다. 기적을 실패하게끔 만들어, 더 이상 사람들이 마고의 기적을 바라지 않게 만들 생각이었다.

그것이 생각처럼 되지 않았다. 핀은 마고만큼 호문쿨루스를 능숙히 다루지 못했고, 사람들의 염원은 호문쿨루스의 힘을 증폭시켰다.

템페스트가 바랐던 작은 실패는 커다란 재앙이 되어 히쟌을 휩쓸었다.

"날 죽일 건가?"

템페스트가 백현을 올려다보았다. 질문 자체는 무덤덤했지만, 이곳의 흐름은 경계를 넘어 적의로 바뀌어가고 있었다.

백현은 피식 웃었다.

"그럼 민식이가 슬퍼하겠지."

잘잘못을 따질 생각은 없었다. 히잔의 일은 백현이 관여할 만한 것도 아니고, 그곳에 챙겨줄 의리도 없었다.

"저항하지는 마."

죽이지 않겠다고 한 주제에.

백현은 그렇게 말했다. 템페스트는 그 말의 의미를 이해하지 못했다. 하지만 템페스트가 뭐라 묻기도 전에, 백현의 손이 하프를 붙잡았다.

"뭐 하는 거야?"

당황한 템페스트가 외쳤지만, 백현은 그 외침을 무시했다.

꽈드드득!

백현의 손을 덮은 시커먼 빛이 하프를 집어삼켰다.

템페스트는 두 눈을 부릅뜨고 벌떡 일어섰다. 광폭한 힘이 백현을 덮치려 들었다. 그 순간, 백현은 손을 뻗어 템페스트를 제지했다.

"너와의 계약은 민식이를 언젠가 죽일 거야."

"나도 안다고 했잖아! 그를 죽일 생각은 없어!"

"그건 네가 바란다고 되는 것이 아니지. 네가 '신격'인 이상, 그건 어쩔 수 없는 거야."

꽈드득……!

혼돈에 삼켜진 하프가 으스러진다. 하프와 연결된 사슬이

검은빛에 삼켜졌다.

사슬과 연결된 템페스트의 몸이 파들거리며 떨렸다. 그녀는 어쩔 줄 몰라 하는 경악으로 백현을 쳐다보았고, 백현은 정신을 집중했다.

"저항하지 마."

백현은 들끓는 혼돈을 신력과 천의무봉으로 조율하며 말했다.

"자칫하다간 널 완전히 소멸시킬 수도 있으니까."

진심으로 하는 경고였다.

신격에게 있어서 혼돈은 치명적인 힘이다. 과거 어비스에서 벌어진 대폭주와 비교하면 현저히 줄어든 힘이기는 했으나, 지금처럼 직접 가한다면 템페스트를 지워 버리기에 부족하지 않을 힘이다.

템페스트도 그 사실을 알아차렸다. 그녀는 백현이 칼자루를 잡은 것을 넘어, 자신에게 직접 칼을 들이밀고 있다는 것을 깨달았다.

템페스트는 믿을 수 없다는 표정으로 백현을 쳐다보았다.

"넌……. 대체…… 누구야?"

템페스트는 강렬한 혼돈이 자신의 '신격'을 지워가는 것을 느끼면서 물었다.

"무신."

백현은 정신을 집중하며 대답했다.

여태까지와는 다르게, 템페스트의 인정을 받을 필요는 없었다.

성공한다면 그녀는 더 이상 신격이 아니게 될 것이다. 마룡왕이나 천존, 검무희처럼. 신격을 상실하고 존재만이 남을 것이다. 그렇게 되면 더 이상 템페스트는 계약을 통해 서민식을 죽일 수 없게 된다.

물론, 템페스트가 신격을 상실하면 그녀의 성역인 사가도 완전히 붕괴해 버릴 것이다. 백현의 곁을 떠돌던 관측안이 그의 곁에 바짝 붙었다.

[머리카락이라도.]

백현의 머릿속에서 누군가의 목소리가 들렸다. 아이언메이드였다.

백현은 피식 웃으며 템페스트를 향해 손을 뻗었다.

"아얏!"

갑자기 머리카락을 뽑아내는 손길에 템페스트가 놀란 비명을 질렀다.

백현은 손에 쥔 머리카락을 관측안을 향해 던져주었다.

관측안이 쩍 갈라지더니 흩날리던 머리카락을 꿀꺽 삼켰다.

"머리카락은 왜……?"

"별것 아냐. 일단 가만히 있어."

백현은 템페스트의 존재가 흔들리는 것을 보며 귀걸이를 어루만졌다.

귀걸이가 반짝 빛났다.

11장
유일한 빛

"편 가르기야?"

악몽의 결정자의 성역인 판데믹으로 돌아왔을 때, 가장 먼저 들은 것은 그런 이죽거림이었다.

백현은 비석 위에 걸터앉은 악몽의 결정자를 쳐다보았다. 해리, 아니, 하이로드는 돌아가지 않고 그 곁에 서 있었다.

"사라는요?"

"어디 있는지는 알고 있잖아. 굳이 물어볼 이유가 있어?"

"왜 거기에 갔는지는 모르니까."

백현은 어깨를 으쓱거리며 대답했다. 사라의 기척은 판데믹의 중심의 건물에서 느껴지고 있었다.

악몽의 결정자는 흥 콧방귀를 뀌며 대답했다.

"위로라도 해줄까 했는데, 내가 해줄 수 있는 말이 마땅치 않더군. 방치한 걸 잘못이라고 말하지는 않겠지?"

악몽의 결정자가 짓궂은 미소를 지으며 물었다.

"사실은 신경 써준 주제에 그렇게 말씀하시기는. 괜히 건드리는 것보다는 혼자 두는 편이 낫다고 생각하신 거잖아요."

"내게 너무 큰 오해를 가지고 있는 모양인데, 난 착하지 않아. 아주 사악하지."

"성을 통째로 비워주셨으면서?"

"훌쩍거리는 소리가 듣기 싫었을 뿐이야."

"그럼 쫓아내셨으면 될걸."

놀리듯 하는 말에 악몽의 결정자가 입술을 삐죽거린다. 그녀는 비석에 걸친 다리를 흔들며 말했다.

"그건 너무 쪼잔하잖아. 사악한 것과 쪼잔한 것은 달라."

"네, 잘 알겠어요. 당신은 충분히 사악하시죠."

"암, 그렇고말고. 흑마법의 여왕이라고 불리던 몸이니까. 그보다, 대답은? 편 가르기를 하고 있는 거냐고 물었잖아."

"그 정도는 아니고, 인정해 줄 만한 신격들에게 인정을 얻고 있는 거죠."

백현은 가까운 비석 위에 털썩 앉으며 대답했다.

악몽의 결정자가 킬킬 웃었다.

"하긴. 급하게 신격이 되셨으니 말이야. 하지만 불완전한 것

같지는 않은데?"

"나 자신의 확인이 필요했거든요."

"스스로를 확신하지도 못할 만큼 엉망이었어? 네가?"

"확신은 하고 있어요. 하지만 확인은 나 혼자서는 할 수 없잖아요?"

백현의 대답에 악몽의 결정자가 눈을 깜박거렸다. 뚫어져라 백현을 보던 악몽의 결정자가 고개를 끄덕거린다.

"하긴. 바로 몇 시간 전까지만 해도 너는 인간이었으니 말이야. 그래서…… 확인은 만족스러웠어?"

"네."

백현은 고개를 끄덕거리며 대답했다.

"몇몇은 쉽게 인정해 줄 것 같지 않았는데?"

"재생의 뱀 님은 뒤로 미뤘어요. 그분은 인정 전에 납득을 원하실 것 같아서요."

"지금의 재생의 뱀은 꽤 약해져 있잖아. 납득시키는 것이 어렵지는 않을 텐데?"

"약해졌을 때를 노리는 건 예의가 아니죠. 모르는 사이도 아니고."

"템페스트는?"

악몽의 결정자의 질문에, 백현은 빙긋 웃었다.

악몽의 결정자는 그 미소를 보며 얄밉다는 듯 주먹을 불끈 쥐었다.

"템페스트의 성역이 사라졌어. 굉장히 꺼림칙하게 말이야."

"더 이상 템페스트라는 신격은 없어요."

백현의 대답에 악몽의 결정자는 헛웃음을 터뜨렸다. 납득이 가지 않는다……. 하지만 백현이라는 신격의 본질을 생각하면, 아주 납득이 가지 않는 이야기도 아니었다.

"나는 어쩔 셈이야?"

악몽의 결정자가 빙긋 웃었다.

소리 없는 위압감이 묘지를 드리운다. 백현은 자신이 걸터앉은 묘비가 삐걱거리는 것을 느꼈다.

"나는. 납득시킬 필요가 없다고 생각하는 거야?"

"필요한가요?"

백현은 묘비를 손으로 어루만지며 물었다. 묘지 전체의 진동에서 백현이 앉은 묘비만이 진동에서 벗어났다.

그것을 잠시 응시하던 악몽의 결정자는, 픽 웃으며 어깨를 으쓱거렸다.

"괜히 힘 빼고 싶지는 않아. 납득, 인정……. 당해볼 필요도 없지. 망신을 당하고 싶지도 않고."

"너무 겸손하시네요."

"불필요한 위험을 감수하고 싶지 않은 거야. 네가 악신이 되었다면……. 또 모르겠지만. 그렇지도 않잖아? 그리고 네게는 빛이 있지……. 고마워. 세라스를 구해줘서."

"도움을 많이 받았으니까요."

백현은 손을 저으며 대답했다.

악몽의 결정자의 곁에서 하이로드는 쭉 입을 다물고 있었다. 그러다가, 자신이 완전히 제외되었음을 깨닫고 목소리를 냈다.

"당신의 신명이 무엇입니까?"

"아, 맞아. 아직 듣지도 못했네. 뭐야?"

"무신."

악몽의 결정자는 별 놀람 없이 고개를 끄덕거렸다. 하지만 하이로드는 어이가 없다는 듯이 웃었다.

무신? 자칭할 뿐인 신명. 그것에 아무 의미가 없지는 않다. 거짓된 신명도 아니다.

퓨어세인트와는 경우가 다르다. 그녀의 근원은 그 신명과 결코 어울리는 것이 아니다.

백현은? 그의 성향, 힘의 근원, 쌓아 올린 신화. 무신이라 하기에 부족하지는 않다.

다만, 하이로드가 가당찮다고 생각하는 것은 단순히 그가 백현을 마뜩잖게 생각하고 있기 때문이었다.

"너무 오만한 신명……."

"닥치고 있어, 네 인정 따위는 바라지도 않으니까."

백현은 심드렁한 표정으로 대답했다. 그 말에 하이로드의 어깨가 부들거리며 떨린다. 취급이 너무 가혹해지고 있었다.

"내가 배신자라고 이러는 겁니까? 말하지 않았습니까, 나는 배신을……."

"아니, 그냥 네가 마음에 안 들어서 그래. 지금도 얄밉게 구는 건 네가 먼저였잖아. 네가 짝짝 박수라도 치면서 인정했다면 내가 너한테 왜 닥치라고 하겠냐."

그 말에 하이로드가 눈을 부릅뜨고서 양손을 든다. 짝짝하는 박수 소리가 묘지를 떠돌았다. 악몽의 결정자는 한심하단 눈으로 하이로드를 쳐다보았다.

"축하합니다."

"어, 그래."

엎드려 절받기도 유분수지. 백현은 하이로드의 축하를 흘려 들으면서 손을 들어 올렸다.

"봤어?"

"아직이요."

"방금 전이야."

악몽의 결정자는 그렇게 중얼거리면서 손을 휘둘렀다. 공간이 쩍 갈라지며 영상이 나타났다.

백현은 거대한 건물들을 보면서 눈을 찡그렸다.

"저기가 어디죠?"

"뉴욕, 타임스퀘어 광장. 사람이 득실거리는 장소지."

"왜 하필?"

"마룡왕이 선택한 것은 아니야. 드레이브가…… 아니, 아니지. 퓨어세인트가 직접 선택한 장소지."

악몽의 결정자가 다리를 꼬며 중얼거렸다.

영상의 '시점'이 뒤바뀐다. 악몽의 결정자는 저 광장에 득실거리는 인파 중 자신과 계약한 헌터의 눈을 빌려 이곳에 송출하고 있었다.

"이 처형식에는 게스트가 많을수록 좋으니까 말이야. 딱 저곳에 도착했을 때, 드레이브는 더 도망치지 않고 멈춰 버렸어."

"그래도 꽤 멀리 갔네요."

"그치? 아무도 없는 곳에서 뒈져봐야 퓨어세인트가 바라는 대로 되지는 않을 테니까."

악몽의 결정자가 이죽거렸다.

까마득한 상공에 마룡왕과 드레이브가 대치한 모습이 보인다.

둘은 대화를 나누는 듯했다. 하지만 소리가 너무 멀어 들리지 않는다.

"답답하군."

하이로드가 기다렸다는 듯이 나선다. 그는 악몽의 결정자를 향해 살짝 고개를 숙이며 물었다.

"괜찮다면, 당신의 처참한 관측 마법을 제가 대신해도 될는지?"

"얄미운 새끼, 지껄이는 것 좀 봐. 죽여 버릴 수도 없고."

그렇게 투덜거리기는 했지만, 악몽의 결정자는 하이로드가 권능을 펼칠 수 있도록 허락해 주었다.

그 즉시 영상의 시점이 바뀌었다. 하이로드는 광장에 득실거리는, 자신과 계약한 헌터들을 사용해 관측 마법을 펼쳤다.

다양한 시점이 뒤섞이며 바로 앞에서 보는 것처럼 생생한 영상을 만들어냈다.

-여기로 괜찮겠소?

마룡왕의 목소리가 들려왔다.

"쭉 보고만 있을 거야?"

악몽의 결정자가 깡총 뛰었다.

그는 백현의 무릎 위에 올라타며 백현의 옆구리를 팔꿈치로 쿡쿡 찔렀다.

"직접 갈 줄 알았는데."

"이곳에서도 뭔가 일어날 텐데. 자리를 비울 수는 없죠."

"오호라. 바보는 아닌 모양이야."

악몽의 결정자가 샐쭉 눈웃음을 지으며 킬킬거린다.

역천자와 헌드레드 쪽이 이상할 정도로 조용하다.

그가 바깥의 상황을 모를 리는 없다. 퓨어세인트가 무슨 의도로 드레이브를 마룡왕과 대적하게 하는지도, 역천자라면 짐작하고 있을 것이다.

그럼에도 침묵하고 있다.

그렇다는 것은……. 퓨어세인트가 벌일 일로 무언가를 의도하고 있다는 뜻일 터. 그렇기에 시간이 많지 않다는 것이다.

마룡왕이 드레이브를 죽인다. 사람들의 염원은 퓨어세인트를 완전히 강신시킬 것이다. 그를 이용해, 역천자는 무언가를 노리고 있다.

백현은 그 상황을 복잡하게 꼬아버릴 생각은 없었다. 그런 완전한 변수를 만드는 것보다는, 일어나 버린 것을 정리하는 것이 쉬울 테니까.

"추측은?"

"월드이터가 강림하겠죠."

백현은 대수롭지 않다는 투로 대답했다.

"쳐들어가는 것보다는 튀어나와 버린 것을 죽여 버리려고요."

"뭣하면 쳐들어갈 수도 있다는 것처럼 말하네?"

악몽의 결정자가 묻는 말에 백현은 히죽 웃었다.

타 신격의 성역에서 싸우는 것은 자살행위다.

백현에게는 꼭 그렇지도 않았다.

그건 철혈궁에서 이미 증명했다.

마룡왕은 저 아래에 가득 몰린 인간들을 내려 보았다.

득실거리는 개미를 연상시킨다. 개미보다 크기는 하지만, 마룡왕에게는 크게 다르지도 않았다. 밟아 죽일 수 있다는 면에서는 똑같다.

이쪽을 향한 시선. 경계, 두려움……. 익숙하다. 하지만 개미와는 다르게, 저들의 외침은 시끄럽다.

괴물이라는 외침. 모조리 밟아 죽인다면 신경 쓸 필요 없이 조용해질 텐데. 그렇게 생각할 뿐이지, 직접 하지는 않는다. 약속했으니까.

"참 오래도 도망가셨소."

마룡왕은 그렇게 중얼거리며 드레이브를 응시했다. 빛의 날개를 활짝 편 드레이브는, 숭고한 빛에 휘감겨 마룡왕보다 조금 높은 곳에 있었다.

잡힌 것이 아니라 잡혀주었다. 그래 봤자 조금만 더 쫓았다면 잡을 수 있었겠지만.

"인정할 것은 인정해야겠지. 그대의 도주는 대단히도 빨랐소."

"신의 날개다."

드레이브가 대답했다.

"사악한 것은 결코 쫓을 수 없지."

"하하! 대단한 자신감이로군. 쫓을 수 없다? 그렇다면 술래잡기를 다시 해보시겠소?"

마룡왕은 날카로운 이를 드러내며 물었다. 도발 섞인 질문이었으나 드레이브는 코웃음만 쳤다.

"드레이브!"

저 아래에서의 부름이 하나가 되었다. 드레이브는 자신을 때리는 거대한 외침과 기대를 느꼈다.

신기한 일이었다. 그 외침과 시선들을 받고 있자니, 몸속 깊은 곳에서 충만한 힘이 부푸는 것만 같았다.

"아니, 그럴 필요는 없지."

드레이브는 굳센 목소리로 대답했다.

용기. 이미 넘치도록 가지고 있었다. 죽어 천사로 되살아난 몸. 육체도 영혼도 모조리 다, 퓨어세인트에게 바쳤고 그 보답을 받았다. 그로써 죽음 뒤에 얻은 새로운 삶은 온전히 퓨어세인트의 것이 되었다.

"자비를 받아들이는 편이 좋을 게요. 그것으로 일 분 일 초라도 더 살아갈 수 있을 터이니."

"착각하지 마라, 괴물. 나는 도망친 적이 없다."

드레이브는 두 눈을 휘황찬란한 빛으로 번뜩이며 대답했다. 그의 손에서 거대한 방패와 검이 나타났다.

"말브론이다!"

아래의 사람들이 외쳤다.

"지적할 가치도 없는 말이군. 하지만 자비는 받아들이는 편이 좋을 텐데? 정녕 여기서 싸워보겠다는 거요?"

"그렇다."

번쩍이는 빛이 드레이브의 몸을 휘감는다. 빛은 황금색의 갑옷이 되었다.

"오오오!"

사람들이 탄성을 지른다. 수많은 퓨어세인트의 숭배자들이, 어비스의 괴물과 마주한 드레이브를 보며 양손을 모아 기도를 올렸다.

"빛이 얼마나 찬란한지 이곳의 모두가 보고 느끼게 될 것이다. 위대한 신을 괴물 따위가 결코 범할 수 없다는 신화를 이곳의 모두가 체험해 증명할 것이다."

드레이브는 믿음에 가득 찬 목소리로 외쳤다.

그는 검을 번쩍 들었다.

"보라!"

돌연한 외침이었다.

마룡왕은 어이가 없다는 눈으로 드레이브를 보았고, 드레이브는 거대한 빛에 휘감겨 성검 아스트로를 번쩍였다.

"퓨어세인트의 빛이 얼마나 찬란한지를! 그대들을 떨게 하는 괴물이 신의 앞에서 얼마나 무력하고 추악한지를!"

"아아아!"

그 빛에 가슴을 떠는 광신도들이 울부짖었다.

"믿고! 의심하지 말라! 이 세상을 끔찍하게 만드는! 어비스와 괴물에게서! 그대들을 수호하는 유일한 빛이 무엇인가!"

"퓨어세인트!"

"드레이브!"

광신도의 외침은 경건함과는 아득한 거리를 두고 있었다. 하지만 드레이브는 그 외침을 기쁘고 만족스레 들었다. 그들의 외침이 커질수록 드레이브의 빛은 강렬해졌고, 그의 정신은 용기와 사명감으로 충만해졌다.

"세상의 절망을 끝내기 위해 천사가 왔노라!"

번쩍!

아스트로의 빛이 하늘을 백색으로 물들였다.

"지금이 성전의 개전이 될 것이다!"

"못 봐주겠군."

마룡왕이 중얼거렸다.

드레이브는 번쩍이는 아스트로를 마룡왕에게 향하고서 이어 외쳤다.

"퓨어세인트의 빛이 도래할……."

마룡왕은 눈살을 찡그리며 손을 휘둘렀다.

드레이브의 몸이 빌딩에 처박혔다.

To Be Continued